麦克米伦世纪童书

麦克米伦世纪 全称北京麦克米伦世纪咨询服务有限公司,由全球知名国际性出版机构麦克米伦出版集团和二十一世纪出版社集团共同注资成立。

北京麦克米伦世纪咨询服务有限公司
北京市朝阳区光华路 SOHO2B 座 1206
邮编:100020　电话:17200314824
新浪官方微博:@麦克米伦世纪出版

迷失男孩的礼物

[美]金·威·霍尔特 著

孙晓颖 译

二十一世纪出版社集团

1. 格林小店
2. 杂货店
3. 牙仙诊所
4. 馅饼大世界
5. 戴斯因戴特街
6. 甜饼皇宫
7. 带我去月球风筝店
8. 鸟群友谊商店
9. 潘妮贴纸店
10. 图书馆
11. 流星谷小学
12. 流星谷大学
13. 威茨路
14. 储水罐
15. 安妮的家
16. 阿卡莎·布朗的家
17. 邮递员杜威儿时的家
18. 威尔维小巷
19. 安妮的柠檬水摊位
20. 邮递员杜威现在的家
21. 池塘
22. 蒂尔达·巴特的家
23. 丹尼尔的家

流星谷

第一章
另一个世界

在这个纷繁的世界上，总有那么一些地方让你向往，也有一些地方让你觉得讨厌。当然，还有一些地方会让你有种依依不舍的感觉，想要永远留在那里。只不过，有时候你别无选择。那个正准备搬到威尔维小巷的男孩丹尼尔就是如此。

丹尼尔正打算收拾自己的东西。但是，当你根本就不想离开的时候，你该怎么收拾呢？

妈妈告诉丹尼尔，他只能把一部分东西搬到新房子里。因为新家很小，按照妈妈的说法，只是个"小屋"。因此，整个星期丹尼尔都在努力筛选自己喜欢的东西。他先把收藏的石头一股脑儿地倒进箱子里，然后又把弹弓和滑板一起扔了进去，还有一本《彼得·潘》，那是他唯一觉得值得一读的书。

塞在壁橱深处的毛绒玩具对他来说太幼稚了。丹尼尔瞄准房间另一边的捐赠箱，一个接一个把它们投了进去。哈，简直轻而易举！接着，他又来到一只名叫"闪电"的毛绒蜗牛面前，爸爸妈妈觉得他给一只蜗牛取名叫"闪电"有些滑稽。要知道，蜗牛爬行的速度可是出了名的慢。可那时的丹尼尔还只是个小不点儿，他哪里知道蜗牛爬得是快是慢。

"闪电"是丹尼尔四岁生日时爸爸妈妈送给他的生日礼物。也是在那一天，他搬进了走廊尽头的那个大房间，开始独自睡觉了。

五年前的丹尼尔觉得，那间新卧室似乎离他之前住过的房间无比遥远，那张有着方形床腿的新床看起来也巨大无比。他总是忍不住想，床底下会不会藏着一条龙。

"闪电"的陪伴让他觉得安全了不少，他喜欢用自己的小脸蛋儿蹭蜗牛的外壳，它的外壳就像天鹅绒一样软绵绵的。搬进新房间的第一个夜晚，他对着蜗牛说："我有点儿害怕。""闪电"似乎听懂了丹尼尔的话，任凭主人把它紧紧抱在胸前。

丹尼尔抚摸着已经褪色的蜗牛外壳，闻着那熟悉的发了霉的味道。他想，也许"闪电"可以做枕头？哦，不，他已经不再是小孩儿了。最后，丹尼尔还是把"闪电"扔了出去，看着它消失在捐赠箱里。

丹尼尔又花了不少时间用气泡纸包裹他的帆船模型。这是爸爸去巴黎出差的时候买给他的礼物。爸爸说在巴黎人们会把帆船带到公园的池塘里玩。他还答应丹尼尔，会找一天带他去附近的池塘里玩帆船。

可是现在，一切都变了！

丹尼尔的爸爸不会和他们一起搬进威尔维小巷。上个星期，爸爸就已经搬到了城里的一栋公寓。丹尼尔还记得，爸爸离开的时候，他问爸爸是否还会和他一起玩帆船，爸爸告诉他：一定会的！爸爸还说，分开生活并不意味着有什么大不同。但事实上，和爸爸分开生活的每一天都让丹尼尔感到陌生。

他觉得，如果妈妈不带他搬到威尔维小巷，他就不用纠结带走什么,留下什么了。他还可以一直住在现在这个家里,不必离开那个可以当滑梯的楼梯栏杆。在过去的每个清晨,下楼去吃早餐的时候,他都会顺着楼梯栏杆滑下来。还有他家门口那棵高高的大树,他以前经常爬到树顶大喊:"我是冠军!"

为什么妈妈要改变这一切呢?

丹尼尔很不情愿和他的朋友们说再见,更不想和爸爸说再见。

妈妈告诉他,威尔维小巷是一个安静的地方,那里可以经常听到鸟儿的鸣叫声,可是这些对丹尼尔来说简直无聊透顶。他更喜欢窗外的各种嘈杂声:消防车和警车尖厉的鸣笛声、大垃圾车低沉的呻吟声、客运列车长长的汽笛声……这些声音让丹尼尔觉得自己正置身于冒险的旅途中。他根本不关心什么鸟叫,或许,他根本就不喜欢鸟儿。

威尔维小巷就坐落在他们所住的郡的另一端。可是,对丹尼尔来说,那里就是另一个世界。

第二章
威尔维小巷

蒂尔达·巴特很喜欢住在威尔维小巷里,她喜欢橡树上小鸟们欢快的叫声、微风吹拂树叶发出的沙沙声,甚至街对面阿卡莎·布朗家的学生们弹钢琴的叮咚声。这些声音让她觉得,威尔维小巷是个非常适合生活的地方。

蒂尔达对威尔维小巷最初的印象可不是现在这样的。多年前的一天,蒂尔达七岁的时候,她的父母把她送到这栋房子里,让她和姨妈西佩一起生活。那天的天气一点儿也不凉，爸爸却披着黑色的斗篷，妈妈穿着一件皮大衣。她望着爸爸妈妈的背影，看着他们向城外的火车站走去。

蒂尔达的父母是歌剧团的主唱，本来只在每年夏天全国巡演的时候才会离开她一段时间。但是，随着演出的成功，原本短暂的巡演变成了一年，然后是十年甚至更长。之后的很多年里，蒂尔达和父母见面的机会越来越少。日子就这样一天天过去了，蒂尔达只知道，爸爸妈妈每天都在周而复始地忙着演出和谢幕。她已经很久没有见过爸爸妈妈了，更没有收到他们的信件；甚至她过生日的时候，他们也没能陪在她身边。日复一日，年复一年，蒂尔达早就已经不再费心往蛋糕上插蜡烛，以免蜡烛多得把蛋糕点着了。

西佩姨妈很喜欢蒂尔达，临终前把这栋小房子留给了她。这栋坐落在威尔维小巷的黄色小房子是蒂尔达珍藏在心底的唯一的家。

这天一大早，当她的新邻居正在前往威尔维小巷的路上时，蒂尔达也在忙着一大堆家务活儿：打理花园，清洗水槽里堆得满满的盘子，还要洗一大堆衣服。蒂尔达讨厌做家务，所以每当她不想做的时候就扔一边，她完全可以自己做主。她认为,这是自己长大成人并独立生活以来最令她满意的特权之一。

这会儿,蒂尔达决定在她最喜欢的那把椅子上坐下来,休息一会儿。她非常清楚,只要她一坐在那把心爱的椅子上,大狗弗莱德就会抓紧时间跑过来,贴着她的腿,蜷成一团,陪着她一起坐在那儿休息。

弗莱德很喜欢贴着蒂尔达的腿,那里又柔软又舒服。主人的肚子中间还有个小卷儿,像个天然的枕头,非常适合靠在上面休息。

不过,只有一个问题!

弗莱德不是一只小宠物狗,它是一只大狗。或者准确地说,它是一只认为自己是只小宠物狗的大狗。

"哦,弗莱德宝贝儿,今天可不行。"蒂尔达爱抚地说。

弗莱德在蒂尔达的腿边转着圈儿,努力寻找正对着主人的方向。

蒂尔达喜欢弗莱德,她耐心地看着它的爪子不停地抓挠,大尾巴摇摇摆摆地晃动着。

最后,弗莱德把自己紧紧地蜷成一个大棕球,身体仍然靠着蒂尔达的大腿,毛茸茸的大尾巴在地板上左右摆动。终于,它找到合适的地方坐下来,下巴靠着蒂尔达的头。

每当看到弗莱德这副乖巧的样子,蒂尔达的心就会融化成一摊黄油。她对弗莱德说:"只能坐一小会儿,亲爱的孩子!"

蒂尔达抓挠着弗莱德的头顶,然后搂着它的头,望着窗外,看着威尔维小巷的街道上来来往往的行人和车辆。

通常在这个时间,她总能看到一个小孩儿慢悠悠地走过大街,然后穿过马路去阿卡莎·布朗的家里上钢琴课。但今天没有,因为现在是复活节假期,威尔维小巷的大部分居民都在休假中。这时,送报员来到蒂尔达的门前,顺着前门的投递口把报纸扔了进去,报纸啪的一声落在门口的地垫上。

弗莱德低声哼哼着。这样的日子真是太舒服了,没什么东西能打扰到它享受生活。但是,没一会儿工夫,它就听到邮递员杜威·万德的车在门口停下,然后又听到邮箱的门被吱吱嘎嘎打开的声音,弗莱德立刻警觉地竖起耳朵狂吠起来,直到杜威的吉普车走远,它才安静下来。

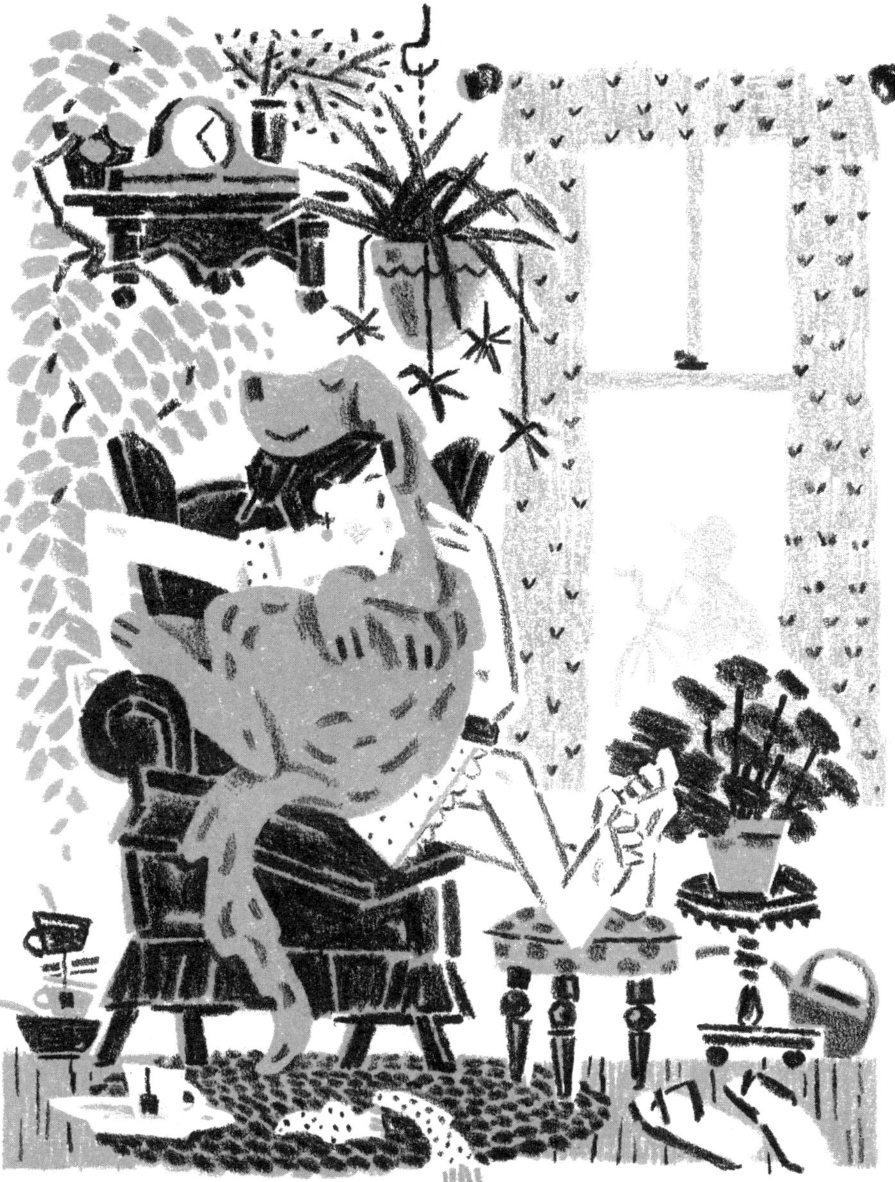

也许你会觉得这一切都很平常，和我们刚刚提到丹尼尔的看法一样。你可能觉得威尔维小巷是一个挺无聊的地方，但那是因为你没有走近小巷用心观察。

蒂尔达知道应该如何去欣赏和享受这里的一切！正当她猜想新邻居的样子时，一辆卡车缓缓地停到隔壁房子的门口。三个男人从车上走下来，把一箱一箱的东西搬进去。他们搬着床架子、床垫、沙发和椅子什么的，看起来都是人们乔迁新居时常用的家具和生活必需品。

"可是，只凭这些，我还是看不出来新邻居是什么样的人！"蒂尔达对弗莱德说。

尽管弗莱德听不懂她说的话，但它已经明显地感觉到主人停止了抚摸。它低沉地呜咽着，表达着不满。

蒂尔达没理会弗莱德，因为她看到有个男人从卡车上搬下来一辆蓝色的自行车，一看就是孩子骑的。"真是太好了！看来我们的新邻居是一个年轻的家庭啊！"蒂尔达兴奋地说。

说着，她开始继续给弗莱德抓痒，弗莱德也感受到了主人愉快的心情，跟着兴奋起来，还用力地舔了一下主人的脸。

第三章
第一印象

丹尼尔和妈妈来到流星谷,一个对他来说完全陌生的地方。过去,在那些晴朗的日子里,丹尼尔从校园的操场上可以眺望到尖顶山的山顶。现在,山顶就在眼前,它伸开双臂,好像在守护着流星谷,又好像一座矗立在城市中央的摩天大楼。这时,妈妈开着车拐进了威茨街区,还经过了丹尼尔的新学校,学校离新家很近,拐个弯儿就到了。

"真没劲!"丹尼尔喃喃自语。是的,从家到学校也就几步路的距离。丹尼尔以前最喜欢坐公交车去上学。在333路公交车上,一路上他可以欣赏到很多有趣的人和事:匆匆忙忙赶着上班的白领、轰鸣的垃圾清扫车,还有面包店的橱窗里摆得满满的蛋糕。可是现在,从新家步行五分钟就能走到学校了。学校对面有一座公共图书馆,图书馆旁边还有一个摩天轮,静静地停在那里。

"真蠢!"丹尼尔说,"摩天轮不转,还有什么用?"他看了一眼旁边的告示牌,上面写着:

复活节期间,暂停营业。

从他们到达威尔维小巷的那一刻起,丹尼尔就断定这里不会有任何自己喜欢的东西。对他来说,能不能清楚地看到尖顶山根本不重要。尽管这里像童话世界一样,到处都是紫色的、蓝色的、黄色的或者粉色的小房子,丹尼尔还是觉得没有什么能和他以前住的那栋三层楼的联排别墅相提并论。

接着,丹尼尔注意到有个卖柠檬水的货摊,上面挂满了五颜六色的彩旗,每面彩旗上都画着一种动物或昆虫的图案。看到这些,丹尼尔感到有点儿渴。可是,

货摊边上的告示牌同样写着:

复活节期间,暂停营业。

"整个小镇都关门啦!"他嘟哝着。

街上看不到一个孩子的身影。丹尼尔摇下车窗,试图寻找孩子们的声音。可是,街上静悄悄的,只有空气中弥漫着一股甜甜的棉花糖的味道。丹尼尔猜想,如果自己是那种喜欢棉花糖的人,一定会觉得这味道真不错。好吧,就算他有点喜欢,他也只是在看马戏团演出或者去集市的时候才会买棉花糖。他可不希望每天都生活在一条充斥着黏糊糊的甜食味儿的街道上。

妈妈把车停在新家门前,她忘了告诉丹尼尔这是一栋粉色的房子。隔壁的房子是黄色的,一个戴着大草帽的女人正跪在院子里的花坛边上,身边躺着一只毛茸茸的大狗。丹尼尔和妈妈下车的时候,好像听到那个女人在和什么人说话。

她在和狗说话吗?

不对啊!丹尼尔想,他觉得那女人根本没看她的狗,她不像是在和任何人说话的样子。

第四章
走近点儿看

丹尼尔没看清楚,事实上,蒂尔达·巴特确实在和什么人说话呢!

她正在和一条蛇说话!

如果丹尼尔能再走近些看,他就会发现那条蛇正在回话。

第五章
蜘蛛来喝茶

蒂尔达·巴特微笑着向新邻居招手,可是邻居家的女主人却面无表情,只是礼貌地向她挥了挥手,身旁那个小男孩则装作没看见。两个人慢吞吞地向新家走过去,好像他们不想搬到这儿来,也不愿意打开自己的房门。

"你猜这是怎么回事儿?"伊莎多拉问,它虽然是条蛇,只能趴在地上,但也注意到了这些情况。

"不太确定!"蒂尔达说。她决定还是等待邻居的自我介绍吧。

○ ○ ○

第二天早上,外面下起了大雨,雨点拍打着屋顶。蒂尔达想,在这样的天气里,烤些黄油乳酪饼干,再抹上草莓酱,简直太棒啦!当年,爸爸妈妈把她送到姨妈家,咔嚓一声关上门后,她在小巷的第一餐就是西佩姨妈给她烤的黄油乳酪饼干。

"吃块黄油乳酪饼干,再抹上草莓酱,一切都会好起来的!"姨妈肯定地说。

她是对的!小蒂尔达咬了第一口饼干后,发现姨妈说的是真的。香甜的烤饼干唤醒了她的味蕾,她觉得格外享受。小蒂尔达吃饼干的时候,西佩姨妈就坐在桌子对面。西佩姨妈有一头银色的长发,编成了两条紧实的麻花辫。虽然她年纪已经很大了,但她的鼻子上仍然长满了可爱的雀斑。

"来说说你的'礼物'[①]吧。"姨妈说。

"礼物?"蒂尔达没有给姨妈带礼物。此刻,她多

[①] 英文中"gift"一词有天赋和礼物的意思,此处西佩姨妈问的是小蒂尔达的天赋。

么希望自己带着一个系着大蝴蝶结的礼盒,里面放着一个要送给姨妈的特别礼物!

"对不起,"蒂尔达不好意思地说,"我没有礼物。"

"胡扯,"西佩姨妈对她说,"每个人都有自己特别的'礼物'。"

那天,小蒂尔达很困惑,她啃着饼干,琢磨着爸爸妈妈会不会在行李箱里塞了什么要送给姨妈的礼物呢?不过,她知道不必费心去翻箱子。接着,西佩姨妈说:"或许你还不知道'礼物'在哪儿?现在,我们来一起把它们找出来怎么样?我们可不要浪费'礼物'哦!"

蒂尔达回忆着很久以前的那一天,把手里剩下的两块饼干放进烤箱。她搓着手上的面粉,一边等着早餐,一边还在想着姨妈当年的话。她后来有没有浪费自己的天赋呢?过了一会儿,她打开前门去拿报纸,还没走到门口,就看到有个小东西在眼前跳。

是一只蜘蛛!

"好大的雨!"蜘蛛说。

蒂尔达想说的是:"我得拿把伞!"

"您好,巴特小姐。"蜘蛛说,"您不喝早茶吗?"

"茶?"

"伯爵红茶①,橘味红茶或者来点茉莉花茶?"蜘蛛用温柔的口吻说,"请来点儿吧,亲爱的朋友。"

"您也喝茶?"蒂尔达惊讶地问,几乎忘了自己是要去拿报纸,也忘了外面在下雨。蒂尔达对蜘蛛的了解不多,她也不想去了解,每次她在花园看到它那些蜘蛛网都紧张得要命。蜘蛛却总是自命不凡,认为自己是个"纺织天才"。蒂尔达从没邀请过蜘蛛来做客,所以蜘蛛也从没进过蒂尔达的房子。

"我每天早上都喝茶,"蜘蛛说,"只要我能喝到。"

这天早上,蒂尔达也没有邀请蜘蛛来做客。不过,她还是走到橱柜前拿出她最好的茶杯和碟子,就像平时有客来访时那样,准备招待蜘蛛喝茶。

"我的天啊,女士!"蜘蛛说,"这么大的杯子,您是想淹死我吗?您有顶针吗?"

话音未落,蒂尔达便感到手指上传来一阵轻轻的刺痒,那刺痒一路沿着手臂爬到她的脸上。她很不习惯有什么人或事儿打乱自己的晨间日常,更何况是只蜘蛛。蒂尔达想,如果来访的是伊莎多拉还差不多,

---

① 英国的一种调和红茶。以红茶为基底,加水果精油调制而成。

她喜欢听它讲那些千奇百怪的冒险故事。伊莎多拉经常悄悄地在街道上的每一个院子里爬进爬出，因此，它对威尔维小巷里的每栋房子、每个人的情况都了如指掌。

蒂尔达清了清嗓子说："现在，请你仔细看这里，小小绅士，这里是我的家，而且……"

"而且您家很漂亮，巴特小姐。"蜘蛛用甜美的语调说，"我怎么感觉您厨房窗帘上的镶边好眼熟啊？多漂亮的丝线啊！您是不是在拐角处那家商店买的？如果是，那我可以告诉您，我很熟悉麦克拉斯特兄弟，他们卖的丝线有口皆碑。说真的，如果您是一只蚕，您也会期待成为麦克拉斯特家的蚕。"

"哦，我……"蒂尔达不知道该说什么，她现在只想赶走这个不速之客，然后取回报纸，坐下来喝上一壶茶，再吃点美味的黄油奶酪饼干。

不幸的是，蜘蛛仍然自顾自地说："您的房间真干净，没有一丝灰尘，也没有一丁点儿的面包屑。"

蒂尔达心里清楚，房间根本没蜘蛛说的那么干净。水槽堆满了昨天晚饭后没洗的盘子，鞋子扔得乱七八糟，整个房间都需要仔细打扫。要不是有弗莱德在，厨房地上还会到处都是面包屑。

"也没有蚂蚁！"蜘蛛头朝蒂尔达的桌子，摆动着前腿继续说道。

"是的！"蒂尔达说，"没有蚂蚁，但是有一只小蜘蛛！"

"是啊，我一直想变得大一点儿，很可惜我没有变大的基因！哎呀，我是不是妨碍您找顶针啦？"

"我要找顶针？"蒂尔达问。

"是啊！"蜘蛛边说边爬上桌子，"不过，您得先把水壶放到炉子上。"

蒂尔达一动不动，她觉得必须解决掉这个不速之客。在她最需要的时候，弗莱德去哪儿了？不过，它在哪儿也无所谓了，蒂尔达想。即使弗莱德在这里也不会吓跑蜘蛛，它一天到晚就只知道对着邮递员杜威·万德乱叫，其他什么也不会。蒂尔达觉得，弗莱德什么忙也帮不上！如果他们之间也能像她和小巷的其他动物那样交流就好了。蒂尔达觉得，能和动物们交流真是个奇怪又特别的天赋。而且，这种天赋到底有什么用呢？

蜘蛛是蒂尔达最不愿意与之交谈的一种动物，用什么办法才能把它赶走呢？

很快，她就想到了一个好主意。哈哈，这么简单的办法怎么之前没想到呢？有客人来你家拿东西，你就应该把东西给他，他拿完东西不就走了。那么，既然蜘蛛来喝茶，你就给它喝一杯，喝完茶，它自然就会走了。

"喝点儿伯爵红茶还是茉莉花茶？"她一边问蜘蛛一边给水壶灌满水。

蜘蛛站在桌子上，拍打着四条腿说："让我想想，我得好好选一选，决定一下。如果喝伯爵红茶，今天一天就能活力满满，但茉莉花听起来比较浪漫。"

看到蜘蛛犹豫不决，蒂尔达赶紧说："我是守旧派，如果是我就选伯爵红茶。"

蜘蛛上下打量着蒂尔达，然后说："是的，您说得对！那我喝茉莉花茶吧！"

水壶冒起了热气，蒂尔达走到缝纫机边上，拉开抽屉找到了一枚顶针。但等她回到厨房的时候，却发现蜘蛛不见了。她望着窗外，瓢泼大雨已经变成淅淅沥沥的小雨滴。蒂尔达想，难道这个没有礼貌的家伙已经走了？她长长地舒了口气。现在，她又可以继续自己的日常了：看看报纸，喝喝茶，吃点黄油乳酪饼干，然后去花园打理她的玉簪花。

这时，水壶响了。

"哟嚯！巴特小姐？"

蜘蛛又出现在桌子上，并且正坐在蒂尔达平时放饼干的地方。

"水壶在叫您呀！在叫您！"蜘蛛边唱边说。

蒂尔达走过去，拿起水壶，把热水倒在杯子里的茶包上，一只脚拍打着地板，等着茶水快点泡好。

"天气怎么样了？"蜘蛛不紧不慢地问。

蒂尔达用指尖敲着厨房台面，没说话。

"我有没有和您说过您的玉簪花特别精致啊？"蜘蛛继续说道。

蒂尔达转身问："我的玉簪花怎么了？"

"刚才，我看见一只蚂蚱盯着那些嫩叶子，于是我赶紧织了一张网。那可是我织的最好的网之一，结结实实，绷得紧紧的。然后，那只蚂蚱毫不犹豫地就跳了上去。

"尽管它不停地扭动、挣扎着，但它怎么都脱不了身，后来它只好停止了无谓的反抗，也算是很明智了。"

"那又怎么样？"蒂尔达边问边想着那只可怜的蚂蚱。

"只有这样，您的玉簪花才能得到完美的守护，而我也能获得美味的食物,我们都有收获啊!"

蒂尔达心里很矛盾。一方面,她很感激蜘蛛帮她保护了玉簪花,因为她很爱惜玉簪花,还特别为它做了一个宏伟的计划;另一方面,她还是希望蜘蛛快点离开她的家。

"您要知道,"蜘蛛说,"我就像个船长,我的网就像一艘船,我们总是在一刻不停地航行,随时迎接各种各样的挑战。"

蒂尔达没理它。

"哦,我的茶,亲爱的女士。"

蒂尔达从茶杯里舀了一勺茶水,滴在顶针里,再把顶针滑到蜘蛛面前。蜘蛛往顶针一端爬去,它有八条腿,每条腿爬上去时都会大叫一声。于是,它连续喊了八次"烫":"烫,烫,烫,烫,烫,烫,烫,烫!我最害怕这样,不过只有这样才能喝到茶,烫也是值得的。"

蒂尔达突然闻到一股淡淡的焦煳味儿。哦,天啊,她差点儿忘了,是饼干!

她抓起锅垫放在台面上,然后快速打开烤箱的门,把烤盘端出来,说:"差点儿烤煳啦!"

"哦,火候正合适呀!"蜘蛛说。

蒂尔达没搭理它，把饼干放到盘子里。

"我最爱吃这样的饼干，"蜘蛛继续说，"和巧克力一样的颜色，像一只棕色的螳螂。"

"要来一块吗？"蒂尔达问。不管怎样，西佩姨妈说过，对客人要有礼貌。

"来一点儿碎末吧？"蜘蛛回答。

蒂尔达掰了一小块儿，递给蜘蛛。

蜘蛛接过来。

就在这时，蒂尔达发现蜘蛛的腿开始发抖，就像窗帘下面的流苏被风吹动。

蜘蛛抬起一条腿，指着蒂尔达的肩膀，尖叫着："啊！啊！啊！"

蒂尔达扭头朝身后看了看，弗莱德正走过来。它低头闻着桌子下面的地板，希望找到黄油乳酪饼干的碎末。

"抱歉，刚喝了您的茶就要跑。"蜘蛛气喘吁吁地说，"我实在太忙了，好多事儿等着我呢！"说着，它在椅子背上吐了一根丝，顺着丝爬到地板上，还带走了饼干渣。

蒂尔达打开门，蜘蛛顺着来时的路溜了出去。它边跑边头也不回地说:"再见,蒂尔达·巴特!谢谢您的茶!"

蒂尔达一直看着蜘蛛在视线里消失,然后捡起被雨点打湿的报纸。她把黄油乳酪饼干放到盘子里端给弗莱德,又爱怜地拍了拍它的头。

"好样的,弗莱德!"蒂尔达说,"最终还是你把蜘蛛吓跑了。"

第六章
巨 人

新家里到处都堆满了箱子。有些箱子堆得高高的,让丹尼尔想起他以前透过卧室的窗户就可以看到市中心的天际线。于是,他假装自己是个巨人,爬到一大堆箱子上面,然后朝房间中心那个放得最高的箱子爬过去。那个堆在最上面的箱子上用黑笔写着"婚礼瓷器"几个字,"婚礼"两个字还被画掉了。

丹尼尔一步一步向上爬,终于爬到那个最高的箱子上,头顶几乎撞到天花板了。他觉得自己比爸爸还高，比世界上的任何人都高。不对，他转念一想，爸爸才是世界上最高大、最强壮和最聪明的人！此刻，要是爸爸能在身边，他一定会大声说：哦，我的丹尼尔是个巨人！丹尼尔低下头，看到箱子中间爬过来一只蜘蛛，爪子还抓着什么东西，看起来像食物碎屑。

如果丹尼尔手里拿着弹弓，他一定会把那只蜘蛛打死。不过，他现在是巨人，根本用不着弹弓，随时可以把蜘蛛踩在脚下。

丹尼尔准备跳到地板上。

又一想，还是别跳了吧！

真见鬼，他犹豫不决地来回摆动胳膊，又停下来想了想，哦不，或许不应该跳下去。

丹尼尔身体来回摆动，脚下装瓷器的箱子也跟着摇晃。最后，箱子塌了，丹尼尔连同箱子一起摔在地板上。

丹尼尔听到了盘子摔碎的声音，他经常打碎盘子什么的，但是这次打碎的瓷器可不是别的，是妈妈的婚礼瓷器。尽管这件瓷器一直放在餐厅的柜子里，从来没用过，但丹尼尔仍然知道自己闯祸了。他整个人僵在那里一动不动，等着妈妈冲进来。

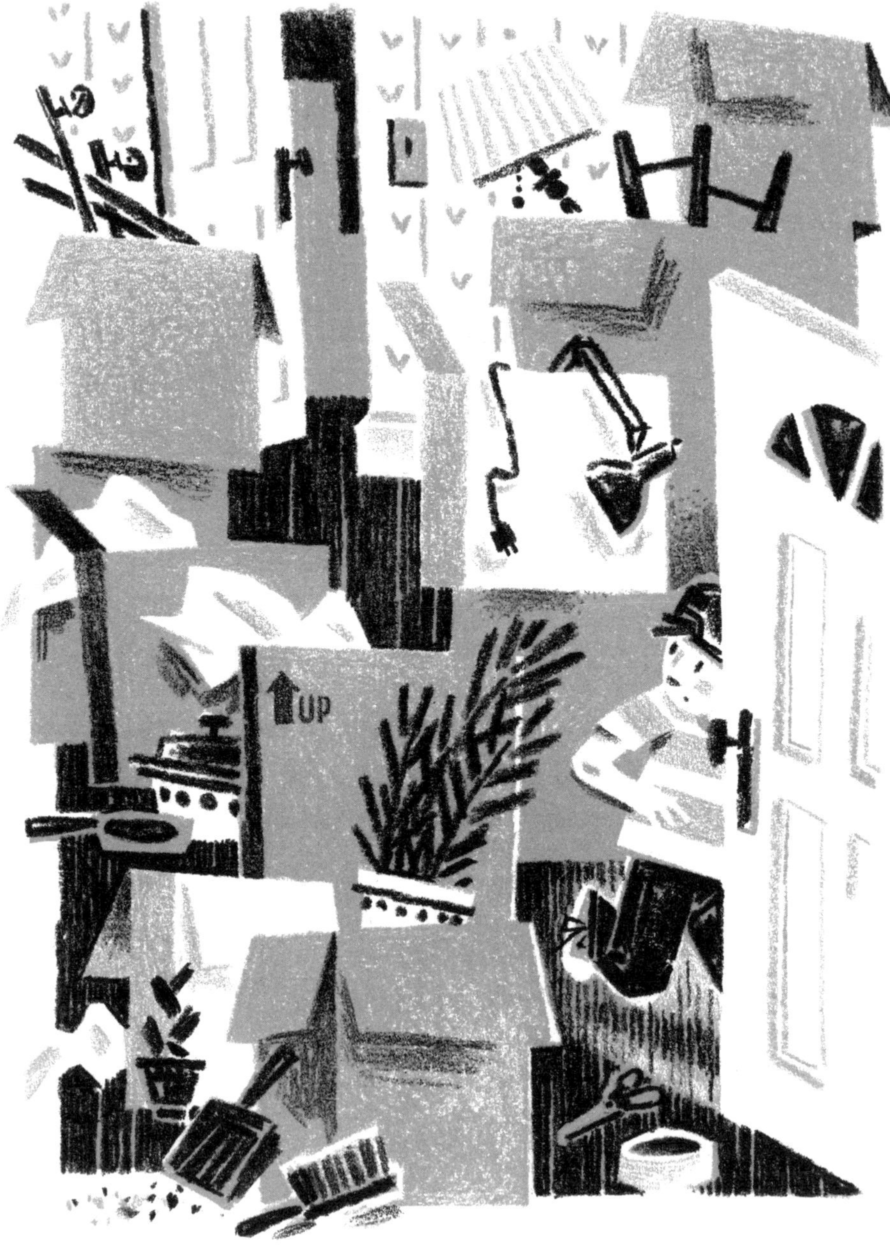
UP

妈妈在哪儿?

这时,蜘蛛带着饼干渣,就像扛着一颗珍贵的钻石,从箱子上跳下来爬出了房间。

丹尼尔端详着那堆箱子,计划着怎么才能逃走。他缓慢地穿过迷宫一样的箱子堆,来到前门。外面依然下着雨,但他还是不顾一切地跑了出去,黄色、绿色、紫色——各种颜色的房子从他身边飞驰而过。丹尼尔穿着运动鞋,不时踩到路面上的积水,脚步声啪啪作响,他一直跑到街道尽头才停下来。他本想一直往前跑,但前面有东西挡住了去路。

丹尼尔来到了一片池塘边。

第七章
蜗牛历险记

第二天早上,明媚的阳光把雨后的水洼都晒干了。今天是收垃圾的日子。蒂尔达从前面的窗户向外望,看到隔壁的女主人抬着一个箱子来到路边,箱子上清晰地写着"婚礼瓷器","婚礼"两个字已经被画掉了。

蒂尔达想:天啊,难怪他们看起来那么不开心!

很快,蒂尔达准备带着做好的黄油派去和新邻居互相认识一下。她想,这会儿他们应该已经拆完箱子了吧!

现在，蒂尔达要先去看看她的玉簪花。正值仲春时节，玉簪花已经长成三英尺[①]高、四英尺宽的一大蓬了。等到春末夏初的时候，蒂尔达就会带着漂亮的玉簪花去参加流星谷园艺展览。

她想象着在精心擦拭之后，玉簪花那青绿欲滴的叶子闪闪发光的样子。假如她的玉簪花赢得了第一名，它就会被送到园艺俱乐部的花车上参加巡游。最棒的是，蒂尔达也可以和她的玉簪花一起坐在花车上巡游。当花车走在小巷的街道上，她会和邻居们互相挥手致意。要知道，蒂尔达从小就一直向往着有朝一日能坐在花车上参加花车巡游。

以前，不管西佩姨妈以玫瑰花、沙斯塔雏菊还是玉簪花参展，总能赢得第一名，什么花她都能养好。有时候，姨妈会把邻居扔掉的植物捡回去继续养，尽管他们认为那些花已经死了。然后，过不了多少天，这些花就会在姨妈的精心照顾下重新茁壮成长，枝繁叶茂。

当邻居家的向日葵刚刚从篱笆墙上探出头的时

[①] 1英尺约合30.48厘米。

候，姨妈的向日葵已经高过烟囱直冲云霄了。姨妈种出来的南瓜特别大，她经常会挑一个大个儿的，掏空里面的南瓜瓤，做成玩具房子。房子里面放上卷心菜做的垫子、橡果做的大碗，然后送给蒂尔达。

种花可是西佩姨妈的天赋！蒂尔达比任何人都渴望成为像西佩姨妈那样的女人。她觉得只要自己也能在园艺展览上赢得第一名，那么她的愿望就实现了！遗憾的是，蒂尔达每年都参加园艺展览，但从没进过前三名，连提名奖都没有拿到过。

尽管昨天刚去看过玉簪花，蒂尔达此时还是迫不及待地跑过去，想看看它又长了多少。

她急匆匆地跑出去，刚到花园就尖叫起来，她看到那株她无比珍视的植物的一片叶子上布满了大大小小的洞。

"请不要大喊大叫！"一个细小的声音说道。

蒂尔达看了看四周，声音似乎来自她的玉簪花。她抬起那片破损的花叶，上面有一只小小的蜗牛正盯着她看。蒂尔达血往上涌，气得差点说不出话，她生气地问："是你干的？是你这只蜗牛干的！"她把蜗牛捏了起来，用两根手指紧紧地夹住它。

蜗牛颤抖着触角，回答道："请不要把我捏扁，就像捏扁我的爸爸妈妈那样。"

蒂尔达正打算捏扁蜗牛，但是听了它的话，她疑惑地问："是我捏扁了你的爸爸妈妈？"

蜗牛点了点头："就在那片芝麻菜地里。"

"那是你的爸爸妈妈？"

这时，弗莱德跑过来躺在地上，等着蒂尔达。每次它想让主人挠肚子的时候都会这样躺下来安静地等着。

"现在不行，弗莱德。"

但是，弗莱德还是躺在那儿等着。

时间仿佛静止不动了，他们三个就像停在枝头的蜻蜓一样一动不动。蒂尔达想着怎么处理这只蜗牛，蜗牛等着蒂尔达如何处理它，弗莱德等着主人帮它挠肚皮。

蒂尔达看着可怜的玉簪花，一边想着如何处理那只蜗牛。她想：不就是一只蜗牛吗？世界上少一只蜗牛有什么了不起？哦，也不能这么说，如果算上小蜗牛的爸爸妈妈，世界上就少了三只蜗牛。

"求您了，女士。"蜗牛哀求道。

蒂尔达手叉着腰问:"说吧,你为什么要吃我的玉簪花?"

"因为我是蜗牛呀!"蜗牛用微弱细小的声音说,好像蜗牛吃花叶是天经地义的事儿。

蒂尔达感受着两根手指间那个光滑的外壳,这里就是蜗牛的家啊!

"如果你只吃我的芝麻菜就好了。"刚说完,她马上意识到自己说错话了,赶紧用手捂住嘴巴。哦,芝麻菜!

"我不想去那个让人悲伤的地方。"蜗牛低下头说。

蒂尔达提醒自己,以后千万不要再提"芝麻菜"这三个字了,但她还是有点为难。"我该拿你怎么办呢?放了你,你会再来偷吃花园里的叶子,你知道吗,我的玉簪花可是要参加流星谷园艺展览的。"蒂尔达说。

"我只吃了一片叶子,您可以把它摘掉啊。"蜗牛说。

蒂尔达皱了皱眉,说道:"摘掉这片叶子,花株就不对称了啊!"

"如果你把另外一侧的叶子也摘掉可能就对称了。"蜗牛说。

蒂尔达摸着下巴看着玉簪花的两片叶子,她觉得这主意倒是不错。没有人会知道玉簪花少了两片叶子，就是园艺展览会的评委们也不会发现，因为这样花株看起来还是非常对称的。

"然后呢？"蒂尔达问，"怎么处理你呢？小家伙！"

"嗯，我想我可以做您的宠物！"小蜗牛小心翼翼地建议。

"我的宠物？我该怎么养一只宠物蜗牛呢？"蒂尔达问。

"您有玻璃罐花园吗？"蜗牛问。

"没有。"蒂尔达说。她虽然对侍弄户外的花草很上心，但从没想过在室内养植物。

"每个人都应该有一个玻璃罐花园，"蜗牛说，"这一点儿也不麻烦！养蜗牛也很简单。您可以想象一下，玻璃罐里有个小花园是多么美好的事啊！"

蒂尔达想，可是，这样一来，她每天又要多个家务活。

"我会保持干净的。"蜗牛说，它好像看懂了蒂尔达的心思。

"你这个小家伙怎么知道玻璃罐？"蒂尔达奇怪地问。

"我的妈妈以前就是宠物蜗牛,后来养她的那位先生搬家了。他搬走前,把妈妈放到了树林里。在那里妈妈遇到了爸爸,它们相爱了,并且快乐地生活在一起。直到,直到后来,它们遇到了芝麻菜……"

小蜗牛边说边伤心地抽泣起来。蒂尔达不知道去哪儿买玻璃罐子,她一边努力想着,一边下意识地揉着弗莱德的肚子。弗莱德乖乖地躺在那儿,呼呼睡着了。

从此,蒂尔达有了一个玻璃罐花园,里面养了一只宠物,一只和她心爱的弗莱德不太一样的宠物,确切地说,这个宠物和弗莱德完全不同。

第八章
超级侦探

尽管妈妈没提打碎瓷器的事儿,丹尼尔第二天还是在垃圾桶旁的箱子里发现了很多碎片,是一些带紫色花朵图案的茶杯、盘子和碗,还有一些完好无损的瓷器也被一起扔了。

他们搬到这里已经整整两天了,丹尼尔没遇到一个和自己年龄相仿的孩子,也没有看到任何其他年龄段的孩子。妈妈提醒他,现在是复活节假期,很多孩子都和父母出去旅行了。复活节太没意思了,除了老人们，所有人都出去度假啦！

自从丹尼尔搬到这里，唯一交到的朋友就是两只松鼠，那是他来小巷的第一个清晨，他在卧室的窗外发现的。第二天，他在院子里撒了些花生，看见松鼠跑过来的时候，他非常开心，这是他来到小巷后最兴奋的一件事。剩下的大部分时间里，他都觉得很无聊，只有晚上和爸爸通电话的时候他才会觉得生活还算有点儿意思。

妈妈说空闲的时候可以陪他去骑自行车，可丹尼尔觉得和妈妈骑车也没什么意思。记得在他们以前生活的地方，妈妈总是慢悠悠地骑车，她喜欢走走停停，四处看看。如果现在和妈妈出去，估计她的速度会比之前再慢上两倍，因为对他们来说，小巷到处都是新事物。丹尼尔本来打算去池塘玩，但还是决定等爸爸来了再一起去。接着，他又想到了一个好主意，他觉得每个街区都应该有一个侦探，威尔维小巷的侦探非他莫属。

丹尼尔对这个新头衔很满意，于是，他把写着"超级侦探"的纸板贴在卧室的门上。妈妈在忙着四处找工作，根本没注意他在干什么。

丹尼尔来到街上开始他的工作。他计划先侦察隔壁的邻居,他看到那个女人正和大狗坐在一起自言自语。这时,邮递车开了过来,他赶紧藏在前门旁的灌木丛里,直到吉普车停下来。他看到一个圆脸秃头的男人打开邮箱,塞进去几封信。丹尼尔不假思索地想到,可能是爸爸给他的信到了,因为爸爸经常会在出差的地方给他寄明信片。不过,丹尼尔没有急着去取信,他还要继续执行侦察任务呢!

那个邮递员是谁?也许他不是邮递员,也是一个侦探?他总是赶在别人前面打开邮箱,通常侦探不就是这样做吗?

当邮递员来到隔壁房子的时候,丹尼尔跟踪过去,躲在邻居门口的大花盆后面。突然,他听到狗叫声。啊!难道他被发现了?丹尼尔又仔细听了听,不对,那只大狗正对着邮递员叫,而不是他。爸爸曾经告诉他狗拥有判断好与坏的能力,它们的嗅觉非常灵敏,能辨别好人和坏蛋。

狗不停地叫着。

"别叫了,弗莱德!"那女人大声喊道。

她向邮递员打招呼:"你好,杜威·万德先生,谢谢您送的信!"

邮递员挥了挥手,向下一户走去。等隔壁女人带着狗进了屋,丹尼尔才沿着邮递员开车的方向继续跟踪过去。当杜威到达下一栋房子时,丹尼尔迅速穿过马路,躲在一棵大树后面。

杜威·万德停下来,从车上取下一个小包裹。丹尼尔仔细观察杜威的一举一动,他看见邮递员急匆匆地向前走,却不时瞥一眼地上用粉笔画的褪了色的跳房子游戏。之后,那个男人小心翼翼地把那个包裹放到那家门口的地垫上,还掏出手绢掸了掸上面的灰尘。

"你可骗不了我!"丹尼尔喃喃自语地说,他猜,或许这个邮递员真的要偷偷干坏事儿啦。

杜威·万德确实想做点儿什么!往回走的时候,他在跳房子游戏那里停下来,向两边看了看,从起点单腿跳了三个格子,接着双脚跳过两个相邻的格子,然后交叉换腿再跳两次,又向前单腿跳。跳到房子终点的时候,他似乎很满意,转了个

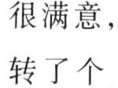

身，又顺着原路跳回去。

对丹尼尔这种年纪的男孩来说，一个玩跳房子游戏的邮递员看起来可不太正常，但是丹尼尔没有靠近侦察。他觉得，要是离得太近就有可能被发现，到时候恐怕无法脱身。

邮递员杜威是在一个充满欢乐又爱运动的家庭里长大的孩子。小时候，爸爸妈妈常常带着他和弟弟查理玩跳房子游戏和接力跑，弟弟查理竞技意识很强，经常在这些游戏和运动中大获全胜；杜威的家人还喜欢转呼啦圈，杜威的平衡能力非常好，能让呼啦圈在腰间持续转动几个小时都不会掉下来。

万德一家过去住在尖顶山的山顶上，就是丹尼尔透过窗户可以看到的最高的地方。杜威的家人最初没来过流星谷，有一天他们决定去流星谷旅行。于是，一家人开着车顺着山路蜿蜒而下，绕过一道道弯弯的山路后，他们眼前一亮，这里的景色和在山顶上看到的截然不同！山上看到的那一堆棉花球原来是农场里的羊群；排成一排的彩色的方块原来是街上的房子；还有山上看到的那个小水坑，竟然是一片池塘。

拐进威尔维小巷，他们看到街道上满是五颜六色的房子。于是,杜威的妈妈说:"哦,天啊!它们真像美味的牛奶果冻!"

"是的!"杜威的爸爸说。

他们来到一栋长着高高的向日葵的房子旁,杜威看到一个穿波点裙的小女孩坐在草地上,在草叶中间窥探。此刻,杜威敬畏的不是那些草莓色、柠檬色或蓝莓色的房子,也不是巨大的向日葵,而是这个草丛里的小女孩。她是杜威见过的最漂亮的女孩子!

查理也看到了小女孩,他漫不经心地说:"哦,不就是一个小姑娘吗!"

他们沿着街道行驶到池塘附近,接着来到了一座蓝色的房子前,旁边有块牌子,上面写着:

此房出售

"我们应该搬到这里!"妈妈说。

还没等爸爸开口,杜威脱口而出:"就是,我们搬过来吧!"

他们一家就这样搬到了小巷。

杜威觉得威尔维小巷的一切都很美妙,尤其是蒂尔达·巴特小姐。

查理却不想一直住在流星谷。长大后的一天,他转着地球仪,闭着眼睛,手指随意指在了上面的一个地方。可想而知,他后来就搬到了那个他手指指的遥远的地方。你们听说过马里的廷巴克图吗?查理就是去了那里,并且没日没夜地干着送货的工作,一直没时间回威尔维小巷。

杜威则从来没有离开过小巷,他喜欢这种慢节奏的生活和工作。他期待通过送信的工作帮助人们传递各种好消息,并且他很热衷于阅读那些明信片背面的留言。

你可能会问:什么?他怎么可以偷看别人的秘密?

杜威对这件事并不感到内疚,他坚信明信片就是给人读、给人看的。丹尼尔和妈妈搬到蒂尔达家的隔壁这件事,他就是通过明信片知道的。

通过那些寄给男孩的明信片可以断定,男孩的爸爸没有和他还有他的妈妈一起生活,那张明信片是从另一个郡寄过来的,而且上面说他很快就要去东京,接着还要去巴黎。杜威想,看来这孩子的爸爸整天都在路上忙碌奔波。尽管如此,杜威知道这个爸爸很想念他的儿子，他说等他来看儿子的时候，他们就会一起玩帆船。他应该很快就来看他的孩子了，明信片上写着："很快！"杜威知道了很多关于他们的故事，但是他还无法知道男孩的名字，因为明信片的收件人写的是"冠军"。

杜威很想知道男孩的真名是什么。他想，等他看到男孩和爸爸在池塘边玩帆船的时候，他就会知道了。

丹尼尔正全神贯注地观察着邮递员，后面传来一个刺耳的声音。

"喂，年轻人，你是我的新学生吗？"丹尼尔扭头一看，一个老女人正盯着他。

她张开双手，长长的手指向上伸展，丹尼尔看到了她指尖上的老茧。

"你是新来的那个学钢琴的学生吗？"她又问。

钢琴！丹尼尔最讨厌钢琴！他以前的一个小伙伴总是不能出来玩，就是因为他妈妈让他每天练习两个小时的钢琴。

"是吗？"老妇人透着鹰钩鼻上的眼镜，用一双圆溜溜的眼睛打量着丹尼尔。

看到她的样子，丹尼尔一下子就想起了女巫。

老女人轻轻敲着手指尖儿,好像在等着丹尼尔的回答。

　　丹尼尔不假思索地回了一个"不"字,然后就一溜烟儿地朝着粉房子跑去。不一会儿,他就跑到家门口,打开门冲了进去。这座粉色的房子第一次让他感到如此幸福!

第九章
阿卡莎·布朗

如果丹尼尔熟悉阿卡莎,他就会知道阿卡莎·布朗一点儿也不像女巫。她对人生充满了渴望,而且她一直有一个梦想:希望自己有朝一日可以成为一位萨克斯演奏家。但是,这个梦想一直没有机会变成现实。

小时候,爸爸妈妈送她去学钢琴,她每天都要练习好几个小时,就像她现在要求她的学生也要练几个小时一样。爸爸妈妈想培养出一位天才女儿,可是,阿卡莎并不是一个天才钢琴家。不过,她练琴的时候很认真,弹得也确实不错,但是她的心思从来没有真正倾注在这些黑白的琴键上。她更愿意偷偷藏在床单下面,假装演奏她的梦中乐器——萨克斯。

每年过生日的时候,在吹蜡烛前,她都许下同一个心愿:我希望能得到一个萨克斯!

当蜡烛吹灭的时候,爸爸或妈妈总会说一句:"我猜你一定希望得到一架漂亮的大钢琴吧!"

如果他们知道阿卡莎的真正心愿会多么失望啊!

有一天,在放学回家的路上,阿卡莎发现一条通往树林的小路,就在威尔维小巷后面,以前她从来没有走过这条路。小路好像在呼唤着她,于是,她沿着小路走过去。这不是一条笔直的路,而是一条布满了高高低低的树枝和树干的蜿蜒小路。她沿着小路一直走下去,刚来到树林边,就有个东西掉下来,砰的一声落在她的脚边。那件东西掉落的一瞬间,她的心怦怦地跳起来。天啊,是萨克斯!阿卡莎抬起头望着浓密的树枝中间露出的缝隙,只看到天空中飘浮的云朵,其他什么也没有。难道是上帝送给她的礼物吗?她毫不犹豫地捡起萨克斯,把它藏在外套里带回了家。

阿卡莎不敢把自己的奇遇告诉爸爸妈妈,她担心萨克斯被他们没收。每天晚上睡觉的时候，她就会从柜子里掏出藏好的萨克斯，然后躲在被单或毯子里，假装自己在演奏。不过现在和过去不同，现在手指按到的是真正的按键，嘴唇吹到的是真正的哨片，她嘱咐自己要特别小心，千万不能吹出声音！

阿卡莎的父母在离世前都曾叮嘱她："每天都要记得练钢琴！"即使在她长大成人，父母都已经去世之后，她最多也只是放上几张爵士乐专辑，随着音乐假装吹奏萨克斯。

父母的临终遗言像乌云一样笼罩着她，挥之不去。阿卡莎时常忍不住想象，如果当年爸爸妈妈听到她吹奏萨克斯，会是怎样一番情景呢？

第十章
邻 居

是时候认识一下新邻居了，蒂尔达想，他们搬来威尔维小巷已经三天了。于是，蒂尔达取出平底锅，放上各种配料，精心制作了一个甜黄油派作为送给新邻居的见面礼。刚准备好一切，就听到邻居家的门砰的一声关上了。

她向窗外瞥了一眼，看见隔壁那个小男孩跺着脚跑出来，经过门前的桑树时，还狠狠地踢了一脚。哦，看起来今天不太适合去问候他们。蒂尔达想，那就再等等吧，或许再过一两天，等他们把新家彻底收拾好再去吧！

于是，她穿上橘色的橡胶木鞋，到外面的花园拔杂草。弗莱德笨拙地跟在主人身后，想找个可以方便的地方。这些日子，这只大狗几乎整天都待在家里不出去，能让它出门的唯一理由就是它需要大小便的时候。

自从那只小蜗牛成了蒂尔达的宠物，弗莱德已经很少去贴着蒂尔达的大腿撒欢打滚，也不需要主人帮它挠痒痒了。每天从早到晚，它总是坐在玻璃罐前，目不转睛地观看小蜗牛爬来爬去。

蒂尔达几乎有些嫉妒她的蜗牛了。不过，她想这样也好，有了小蜗牛，弗莱德倒是不用整天缠着她挠痒痒了，她也就可以有更多的时间去花园除草。

你别看蜗牛小小弱弱的，当它需要额外帮助的时候，可一点儿也不会胆怯。蒂尔达还记得第一次喂它莴苣叶子的时候，小蜗牛抬头看着她说："主人，请再给我一些菜叶吧！"怎么样，是不是很大胆呀？！

弗莱德四处嗅探着给自己找可以大便的地方，蒂尔达扫视着花园。看到石头边上的两株黄色鸢尾花已经盛开,她的脸上露出了笑容。每到鸢尾花开花的季节,卖冰激凌的摊贩就会推着车走街串巷地叫卖;学校放学后,柠檬水货摊也会开门迎客;当然,流星谷园艺展览和花车巡游也要拉开帷幕啦!

弗莱德在后门呜呜叫着,蒂尔达走过去把门打开。然后她转身走到花园,蹲下去拔出一团团乱糟糟的杂草,杂物桶很快被塞满了。她用力压了一下又继续拔了一团。

刚想把草扔进桶里,有个声音说:"哦,对不起!"

蒂尔达看了一眼,低声问:"是谁在说话?"

她虽然没看到什么东西,但感觉到桶里有东西在动。她靠近仔细一看,杂草下面露出两只黑眼睛盯着她。

蒂尔达大惊失色,猛地向后倒退着,失去了平衡,像一张摊开的大饼似的仰面朝天地摔倒在草地上。顾不上多想,她赶紧抬头,看见一条蛇正从桶里伸出头往外看。

"是我,亲爱的小姐。"蛇温柔地说。

蒂尔达松了口气,说:"是你啊,伊莎多拉!"

伊莎多拉是一条草蛇。蛇的寿命一般也就十几年,但伊莎多拉不一样,它已经活到和蒂尔达相仿的年纪。

读到这里，亲爱的朋友们，你们千万不要忘记：在威尔维小巷，这个不同寻常的地方，每天都会发生不同寻常的事件。

蒂尔达小时候，有次在花园里挖土时，第一次遇到了伊莎多拉。那时候，西佩姨妈划出一部分花园交给蒂尔达，让她随便种些自己喜欢的花花草草。突然间拥有了自己的花园，小蒂尔达欣喜若狂。但没过多久，她就又开始发愁了：到底该种什么呢？看着姨妈的花园里那些云朵般的向日葵、大粉扑似的鱼尾菊，她觉得自己根本没希望，她的心就像掉入海底的贝壳一样沉重。小蒂尔达只好不停地把手指伸进土里，感受泥土的气息，希望能从这里找到答案。

"种点儿雏菊怎么样？"地上有个声音问道。

小蒂尔达眯着眼睛看着草地，她想："难道是小草在和我讲话吗？或者是外星人来了？难道他们已经和地球建立了联络？"

最后，她意识到是一条蛇在和她说话，她差点尖叫起来。还没等她张嘴，那条蛇接着说："我叫伊莎多拉，我一点儿也不可怕。"

从那以后，他们之间就建立了深厚的友谊。

蒂尔达提醒自己,伊莎多拉不是毒蛇,但是她本来就不喜欢蛇,所以她得尽量避开蛇,就像躲避水槽里堆满的脏盘子一样。

"我忘了你怕蛇!"伊莎多拉叹着气说,"这也是为什么我的伙伴们如今都改了名字。'蛇'现在已经是个贬义词了!"

蒂尔达使劲咽着口水,看看草地问:"你的伙伴们来啦?"

"到处都是啊!"伊莎多拉说。

"哦,天啊!"蒂尔达立刻站起来,一阵刺痛从腿蔓延到屁股。"哎呀!好疼啊!"难道她被伊莎多拉的伙伴给咬了?她想。

"哦,对不起,我打偏啦!"隔壁的小男孩正拿着弹弓坐在篱笆墙上。

蒂尔达这才回过神儿,原来自己被小男孩的弹弓射中了。

"我差点就打到那条蛇啦!"男孩举着弹弓,手舞足蹈地说,"您刚才是在和蛇说话吗?"

蒂尔达看了看伊莎多拉刚刚栖息的地方,看来老朋友已经溜走了。

男孩从篱笆墙上跳下来,结果没站稳,脸朝下摔在蒂尔达的牵牛花旁边。

蒂尔达急忙走过去问:"没事儿吧?"

男孩迅速跳起来说:"我没事儿!您是在和那条蛇讲话吗?"

"和蛇说话?"

"您在和谁说话,"他说,"我都听见了。"

"年轻人,我得告诉你妈妈,你可不能到处射弹弓。"蒂尔达揉着被打到的地方说。

"我妈妈才不管呢!"

"我敢肯定她会管的!"蒂尔达说。不过,她也有点儿担心,男孩的妈妈会不会真的像男孩说的那样什么也不管。那天,当她看到那个瓷器盒子上被画掉的"婚礼"两个字的时候,她就猜到男孩的妈妈最近的心情很沉重,她可能根本没心思管别的事情。

蒂尔达上下打量着男孩:他已经不是小孩儿了,但也不算大。不管怎么样,他已经不是可以射弹弓的年龄啦!

"你没有找个小伙伴一起玩儿吗?"蒂尔达问男孩。

"没有。"

蒂尔达这才想起来,现在是复活节假期,街上的很多年轻的家庭都会带着孩子们出去旅行。

"那你可以看书啊!"

"没有。"

"玩游戏呢?我可以和你一起玩跳棋。"蒂尔达说,她小时候就很喜欢和姨妈一起下跳棋。

"没人一起玩儿,没书看,我也不喜欢玩跳棋。"男孩回答。

"你玩过跳棋吗?"蒂尔达继续问。

"没有。"男孩回答。

蒂尔达已经猜到了。然后,她看了看地上的桶,又看了看男孩,问:"你看到我的院子角落里那座小山了吗?"

"那堆垃圾吗?"男孩不解地问。

"那是我的肥料堆,不久这些杂草就会变成肥料,我会再把它们运回花园。"蒂尔达解释道。

"是的,我看到了。"男孩回答。

"你能不能帮个忙?把这桶杂草送到小山那边去。"蒂尔达说。

男孩爽快地把弹弓揣进裤兜,提起桶,向肥料堆走去。他看起来很愿意干活儿。

走到附近,男孩却把那桶杂草倒在离小山有几英尺的地方。

"你为什么不倒在小山堆上?"

"两座比一座好玩。"男孩答道。

说着,他回到原地把桶还给蒂尔达,又问:"现在干什么?消灭蛇吗?我可以把它们踩死!"

他边说边跺着脚。

"我还能用石头打中它们的头。"

说着,他掏出弹弓拉紧皮筋儿,比画着。

"谢谢,不用了。"蒂尔达说,"我们别管蛇了,我们不去打扰它们,它们也不会来侵犯我们。况且,有些蛇是好的,专门吃害虫。"

"就像人一样吗?"男孩瞪大眼睛问。

"我也说不好,"蒂尔达说,"不过,你不是害虫吧?"

"不是。"男孩赶紧说。

"那就没什么可担心的啦!"蒂尔达耸着肩说。

男孩走向蒂尔达,拿起她的小铲子问:"需要我帮忙挖点什么吗?"

"不,没什么要挖的。"蒂尔达答道。

男孩扔下铲子,跳到鸢尾花边的石头上说:"看,我能做很多事情。"

说着,他纵身一跃又从石头上跳到鸢尾花丛的中央,还压坏了两朵开得正好的花。

"小心点儿,年轻人!"蒂尔达担心地说。

"对不起!"男孩说着还试图扶起折断的花朵,"不过,您这里还有很多这样的花呢!"

"可是现在少了两朵啊!"蒂尔达很不满。

男孩转过身,向四周看了看,好像在找其他合适的话题,他说:"您的花可真多啊!"然后对着大橡树问,"喂,那棵树周围矮矮的是什么花?"

"那是玉簪花。"蒂尔达回答。她本来想提醒男孩不要离玉簪花太近,但没说出口。她看得出来,男孩性格有点叛逆,你越是不让他去干什么他一定会去做。

然后,蒂尔达想起还不知道男孩的名字,就说:"咱们谈论了蛇和花,那么接下来让我们互相介绍一下吧。我是蒂尔达·巴特。"

"真是个有趣的名字。"男孩说。

蒂尔达等着男孩自我介绍,可是男孩只顾着看蒂尔达的院子,好像在寻找下一个冒险目标。

"你叫什么名字?"蒂尔达迫不及待地问。

"不告诉你!"

"为什么?"

"因为我不认识你,我可不能把名字或住址告诉一个陌生人。"

"做得对。"

"你多大啦?"男孩上下打量着,问蒂尔达。

蒂尔达皱起眉头。尽管她还没老,但她也不再年轻。"你妈妈没告诉过你不能和陌生人说话吗?"

"没有。"

"你确定妈妈没告诉过你吗?"

"不太确定,但您不能因为我不确定就怪罪我吧!"

蒂尔达心疼地看了看那两朵折断的花,它们就像两位穿着黄裙子的女士晕倒在草丛里。

"那您到底几岁啊?"男孩问。

"我比你大,比那棵树小。"蒂尔达指着那棵古老的橡树说。

"那棵树多大啦?"男孩继续问

蒂尔达有点儿生气,她不想继续和男孩聊下去了。

于是,她说:"抱歉,我还有事要做。"

"做什么？"男孩穷追不舍地问。

"看书或者玩跳棋。"蒂尔达心不在焉地回答。

男孩把弹弓塞到裤兜里说："好吧，明天我再来帮你倒杂草，除蛇。"

蒂尔达没有作声，她离开花园回到房间里，透过窗帘缝隙观察男孩。男孩还留在花园里没离开，他正在试图用绿色的绳子和树棍去固定那两个折断的花枝。

"每个人都有优点。"蒂尔达自言自语道。但马上她又大惊失色：天啊，男孩用的可不是什么绿色的绳子，而是马上就要开花的豌豆藤！

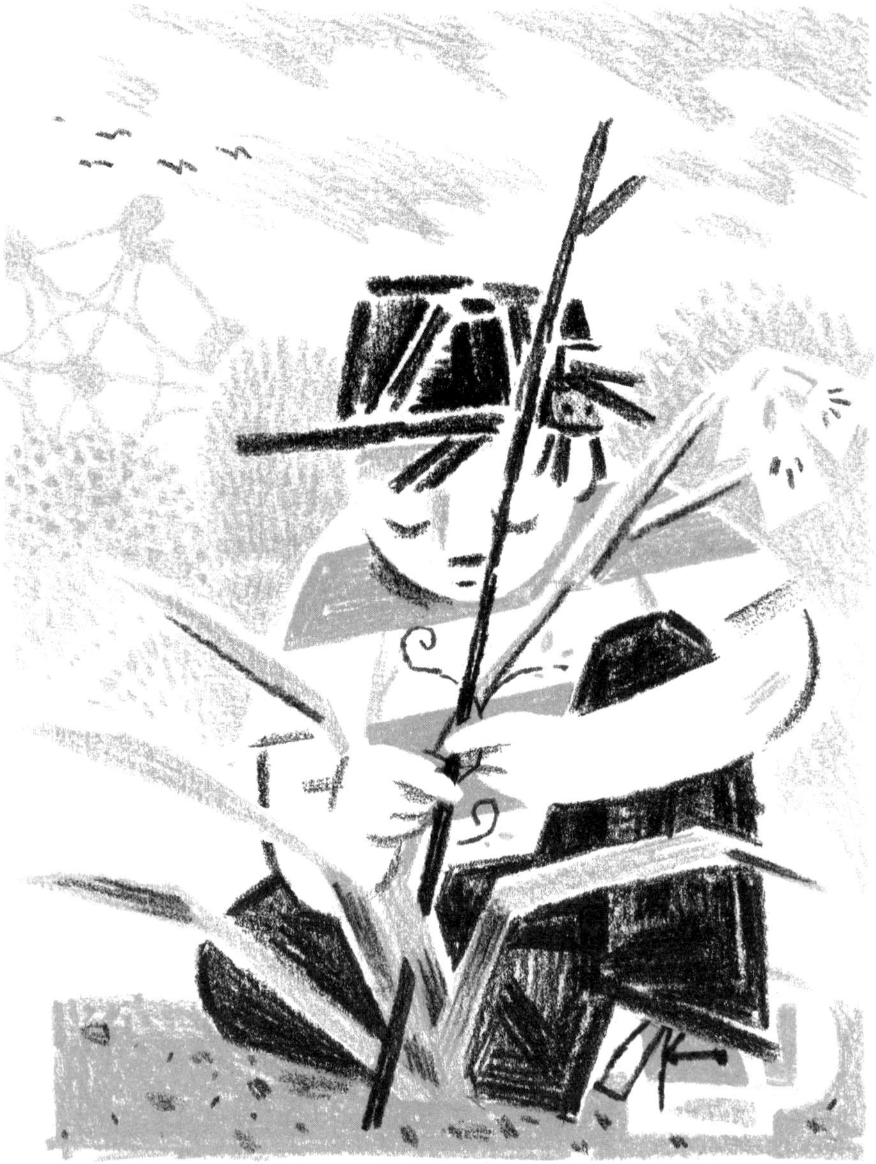

第十一章
月光之旅

丹尼尔的妈妈找到了一份新工作。每天丹尼尔上学前,她就要去上班,直到晚饭的时候才回到家。现在,丹尼尔的脖子上不得不挂着一串钥匙,藏在衬衫里面。妈妈说这样丹尼尔就可以感受到妈妈的心,不管妈妈在哪里,妈妈的心都会和他在一起。但是,丹尼尔特别想告诉妈妈,如果他们和爸爸生活在一起,他就不必挂上这串愚蠢的钥匙了。

为了庆祝找到工作,妈妈说要带丹尼尔去餐厅吃饭，可是当他想去"乔的通心粉餐厅"的时候，妈妈却想换一家。妈妈说那家餐厅有点远，但丹尼尔知道，为什么妈妈不想去那里，妈妈不想去任何曾经和爸爸去过的地方。从前，他们一家各种庆祝活动都会选择去"乔的通心粉餐厅"，比如爸爸升职、丹尼尔取得了好成绩或者新年的第一场雪。现在，一切都变了！

他和妈妈已经搬到威尔维小巷五天了。这个星期日是复活节假期的最后一天，星期一丹尼尔就要去新学校上学。他很想念以前的学校，想念以前的家，还有那里的小伙伴儿，当然还有爸爸。记得他们搬来的第二天，爸爸给他打电话告诉他过几天他完成手里的项目就会来这里看他。

但是，爸爸一直没有来。或许，是妈妈不喜欢爸爸来吧！丹尼尔想。就在不久前，他们一家三口还一起去树林里骑车，他们还一起把面包掰成碎块喂小鸟呢！

什么时候爸爸才能来看他啊！丹尼尔盘算着该如何和爸爸度过那一天。他想他会带爸爸去池塘玩帆船，他还会给爸爸介绍他的新朋友——那两只每天清晨来吃花生的松鼠。

有一天，丹尼尔比平常睡得晚，第二天早上那两只松鼠就在窗台叽叽喳喳的,吵醒了他。他赶紧跑出去,把花生撒在地上,后退几步,看着松鼠过来吃。吃完花生,松鼠就又蹦蹦跳跳地跑回蒂尔达院里的老橡树上。后面的几天里,丹尼尔每天都会把花生撒得更靠近自己一些,这样他就可以更加接近松鼠。很快,当松鼠享用早餐的时候,丹尼尔就可以挨着它们吃麦片了。

因为小巷里其他孩子还没回来,丹尼尔只好独自去探险。他想带爸爸看看威尔维小巷的一切,包括自己打造的通往大街的秘密通道。他对小巷已经非常熟悉,就连篱笆墙上哪根篱笆松动了,他都了如指掌;他还发现了最好的藏身处——那些低矮的、厚厚的树篱后面。

要知道,他可是丹尼尔,超级侦探!他最喜欢侦察蒂尔达,那个和蛇说话的女人。就在今天,他还看到蒂尔达对着前院的灌木丛低声说话呢。等蒂尔达回房间,丹尼尔还冲过去抓了一条蜥蜴。可是,当他向蜥蜴问好时,蜥蜴只是鼓起喉咙下面的小红包回应他。真是太好玩了!要是蜥蜴也能和他说话该多好啊!

那天晚上,丹尼尔很晚了还在骑车。云遮住了月亮,天上没有一颗星星,天空很黑很黑。丹尼尔不太害怕,似乎又有点害怕,他只好假装蜗牛"闪电"还在车后座陪着他。他多么希望"闪电"没有被他送走!

他骑着自行车出了家门。路过蒂尔达家时,看到她家的灯还亮着。透过窗户,丹尼尔看到蒂尔达坐在一张松软的椅子上,腿上放着一本书。在她旁边,那只狗似乎在看着什么东西。丹尼尔靠近窗户仔细看,发现它是在看一个玻璃罐。

或许,如果他过去敲敲门,蒂尔达就会邀请他进去,请他喝一杯热乎乎的巧克力。那些老妇人最喜欢给小孩喝热巧克力的呀!丹尼尔想。他还记得小时候的故事书上,那些奶奶就是这么做的。丹尼尔没有奶奶,不过,他觉得蒂尔达·巴特就像一位慈祥的奶奶。

丹尼尔想了想,就放弃了这个想法。他担心蒂尔达可能会说:太晚了,你该回家了。如果她知道是他打碎了瓷器,也许就永远不会请他喝热巧克力了。丹尼尔慢吞吞地蹬着车,不舍地看着蒂尔达和她的狗,继续向前骑行。

这时,他看到前面有几道闪烁的光。是流星吗?接着,那些光离他越来越近,聚在一起,环绕在他周围,像聚光灯一样照亮他。

是萤火虫！

在此之前，丹尼尔从来没亲眼见过萤火虫。学校的老师曾经讲过一个关于萤火虫的故事，故事里一个小孩儿抓了好多萤火虫，还把它们放进一个有气孔的玻璃罐里。

丹尼尔加速骑过蒂尔达家门口的邮箱，他想看看萤火虫接下来会怎么样。真是不可思议，那群萤火虫紧紧跟着他，绕成圈儿把他围在中间。

丹尼尔骑得越来越快，萤火虫也越飞越快。当他们来到邮递员家附近的时候，丹尼尔放慢速度，萤火虫也跟着慢了下来。邮递员家的窗帘还没放下来，丹尼尔看见邮递员穿着睡衣坐在沙发上，和蒂尔达·巴特一样在看书。

最初，丹尼尔以为他头上戴的是睡帽，但仔细一看原来是一只猫蜷缩在他的秃头顶上，就像戴了一顶帽子。这可把丹尼尔乐坏了，差点儿笑出声来。离开邮递员家门口，他和萤火虫继续沿着街道朝池塘的方向骑过去。

到达池塘后，他又掉头从池塘骑回街道的另一端，

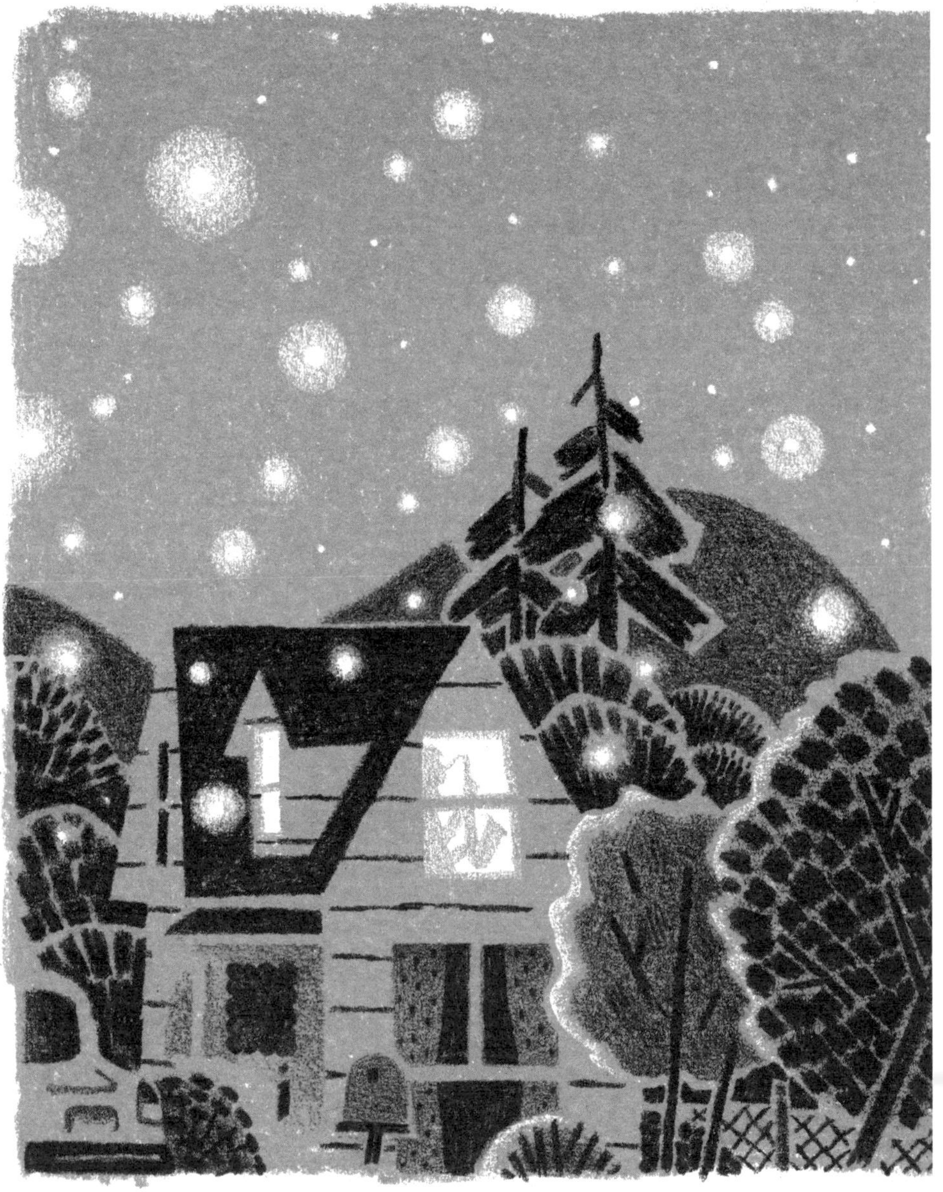

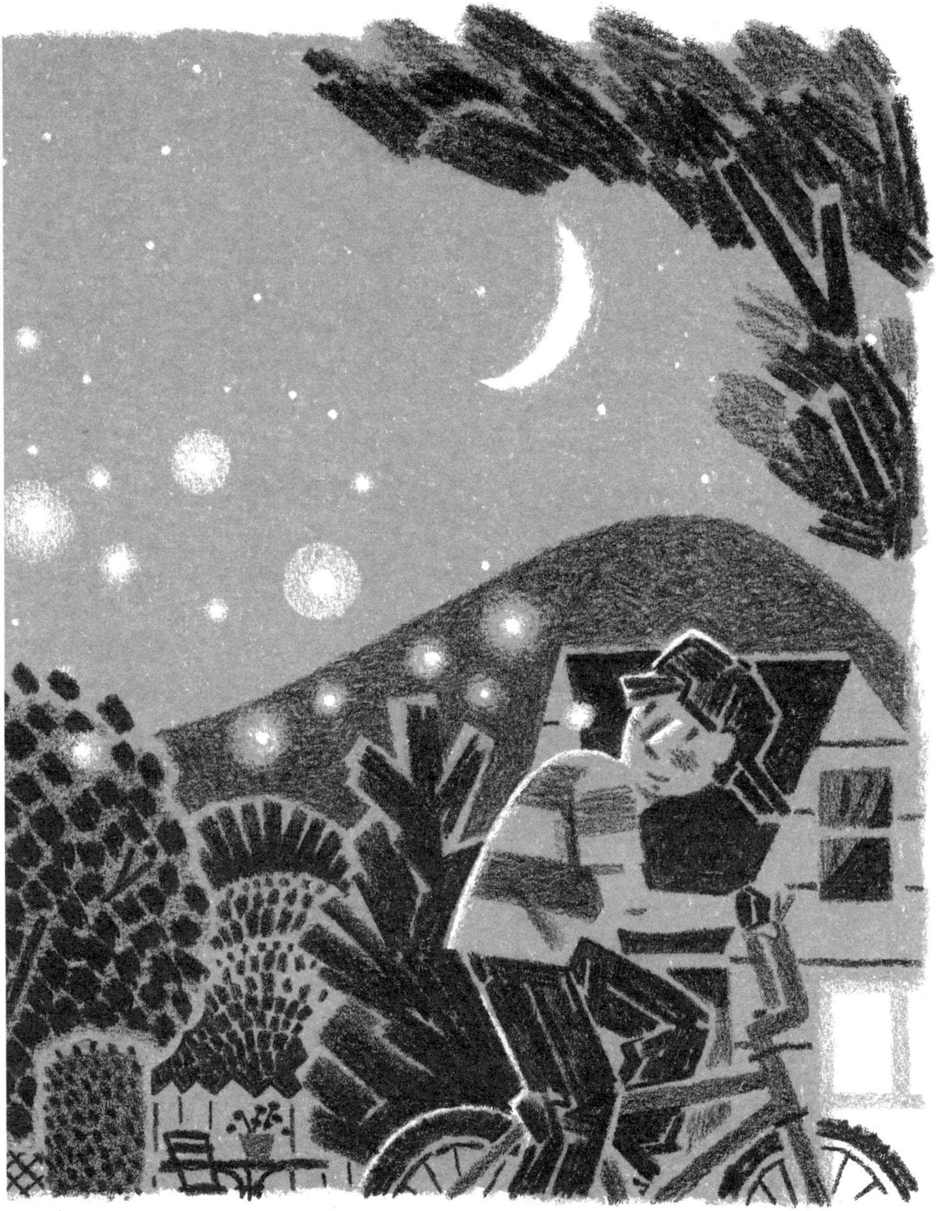

然后又骑回去,这回在池塘边停了下来。萤火虫一路跟着他,又往前飞了几英尺后,停在水面上盘旋,发出的荧光倒映在波光粼粼的水面上,丹尼尔以为萤火虫要离开了,对着它们依依不舍地挥手说:"再见!"

他多么希望此刻爸爸也在这里,和他一起看萤火虫啊!他慢悠悠地往回骑时,那群萤火虫又跟了上来,继续盘旋在他头顶。

快到家的时候,他听见妈妈在喊他的名字,但是他没答应,而是和萤火虫一起继续向前骑。接近蒂尔达·巴特家的时候,丹尼尔有点失望,因为他发现蒂尔达已经拉上了窗帘,他本打算过来的时候大喊:"快看,萤火虫!"

对面街道钢琴老师阿卡莎的房子里传来了音乐声,听起来不像在弹钢琴,而是在播放录音。丹尼尔放慢脚步,看到窗户上映出一个跳舞的身影,是钢琴老师阿卡莎。他看到那位鹰钩鼻的老师手里还拿着什么乐器,哦,是萨克斯!不过,阿卡莎没有吹响它。丹尼尔看了一眼,就快速离开了。

第三次经过家门口时,妈妈仍然在喊着他的名字,并且开始数数。

第五次经过家门口，妈妈还在数数，已经数到了372。以前，不等妈妈数到400，丹尼尔就肯定已经赶回家了。因为妈妈总是吓唬他说，如果数到400他还没回家，就会受到惩罚。

丹尼尔掉了个头，又兜了一圈，随后朝家门口骑过去。到家的时候，妈妈刚好数到399。要是以前，他会因为担心被妈妈训斥，赶紧溜进家门。但这次，他却仍然坐在自行车上，不肯下来，直到看到萤火虫飞走。

"晚安！"他对新朋友说，"快点回来！"

第十二章
丹尼尔

原来他叫丹尼尔！虽然上次见面丹尼尔没告诉蒂尔达，但此刻她在厨房的窗边听到他妈妈在喊他的名字。看起来，他妈妈经常会在他应该回家或可以出去玩的时候呼喊他的名字。自从遇到丹尼尔，蒂尔达觉得自己特别体谅他的妈妈，她觉得如果一个母亲被这么一个每天不停问问题的孩子围着，可真是让人头疼又费神。如今，他们已经来到小巷一个星期了。蒂尔达估计他们的家具都已经摆放整齐，各种箱子、包裹应该都拆完整理好,房间的卫生也都打扫干净,一切应该都差不多安排妥当了。

这也是为什么蒂尔达在第二天早上起床后,没有像其他春天的早晨那样第一件事是去花园走走看看,而是径直走到厨房,准备做甜黄油派送给新邻居。

蒂尔达本来没想做八个黄油派,但是她发现还有一大盒黄油。于是,她想,还是多做几个吧!她一直喜欢烤黄油派,并且做得特别好吃。

烤黄油派的时候也是弗莱德最开心的时刻,因为每次烤黄油派,都会有糖粉掉在地板上,弗莱德会时刻坚守岗位,负责把糖粉舔干净。

这对搭档在做黄油派的时候,一直有个不成文的约定:弗莱德负责舔地板,蒂尔达负责烤美味的黄油派。要是弗莱德也能洗盘子就好了!蒂尔达经常这样想。

准备原材料的时候,蒂尔达总感觉有什么东西在看着自己。哈哈,没错,松鼠兄弟基普和扎普正在窗外窥探她的一举一动。这对兄弟可是蒂尔达最不喜欢的邻居!它们经常把蒂尔达的郁金香花株刨出来,狼吞虎咽地吃掉;它们还在院子里到处藏橡果;并且打翻了她的木神像。对于蒂尔达来说,基普和扎普简直就是彻头彻尾的捣蛋鬼!

为了防备松鼠兄弟干坏事儿,蒂尔达边准备原料边用眼角的余光警惕地瞄着它们。她称糖粉时,松鼠兄弟就在那儿甩着尾巴看;她敲鸡蛋壳时,兄弟俩僵在那儿一动不动,然后又摇起了尾巴。等到蒂尔达开始和面,加入黄油和香草的时候,兄弟俩则屏住呼吸,目不转睛地瞪着面盆。

看到蒂尔达把其中两个黄油派塞进烤箱的那一刻,松鼠们看起来很失望地再次竖起了大尾巴。

蒂尔达把烤好的黄油派放到门廊的餐车上,然后看了看配送名单,这是她分别为八位邻居制作的黄油派。

阳光明媚,天上没有一丝云朵!蒂尔达一眼就可以看到远处的尖顶山和隔壁街道图书馆旁的摩天轮。她看了一下配送路线,沿途依次有六户邻居。蒂尔达刚想出发,就看到杜威·万德缓慢地开着吉普车从对面过来。怎么开这么慢?蒂尔达觉得有点奇怪,杜威不会是睡着了吧?

"小心脚下缓慢移动的物体!"一个熟悉的声音说。

蒂尔达低头一看,是伊莎多拉。它倚在一片水仙花株上,既隐蔽又能方便看清前面的路。

"杜威没什么可提防的。"蒂尔达小声地说,"不过,我很好奇他今天开车怎么那么慢?"

"你不知道吗?"伊莎多拉问。

"不知道啊,发生了什么?"

蒂尔达发誓,伊莎多拉居然一边使眼色一边问她。你要知道,蛇是没有眼皮的,可是伊莎多拉竟然可以眨眼睛!

"说吧,到底怎么啦?"

"哦,我有预感,他看到了一些有趣的东西!"说着,伊莎多拉就溜走了。

蒂尔达感到莫名其妙,不过她也不打算追问,继续朝餐车走去。刚走到路中间,就被从蜘蛛网上垂到她眼前的蜘蛛挡住了去路,蜘蛛拦在她面前,晃来晃去。

蒂尔达忍不住使劲挥手。

蜘蛛呻吟着说:"哦,我讨厌这样的开始。"

"你确定没有打算去我的门廊上织网吧!"蒂尔达说。

"隔壁没法住了!"蜘蛛说,"他真是个糟糕透顶的孩子!"

不用多问,蒂尔达一听就知道它在说谁。

"他想压死我。"

"真的吗?"蒂尔达说。

"尽管如此,作为船长,我依然时刻留意着不断变化的情况,用勇气和毅力捍卫我的领地。"

弗莱德汪汪地叫了起来。

是杜威来到了邮箱前,蒂尔达正好趁这个机会把蜘蛛甩掉。她决定待会儿再对付蜘蛛和它的网。

她向杜威招着手说:"你好,杜威!别急着走,我给你拿个黄油派。"

蒂尔达刚走到门廊就看到杜威满脸通红,锃亮的秃脑壳也红红的。当她把一车黄油派推到杜威的吉普车旁时,杜威几乎变成了一个穿着邮递员制服的苹果。

"杜威,你的脸怎么发红啦?"

弗莱德继续朝杜威狂吠起来。

"走开,弗莱德!"蒂尔达大声呵斥,"你难道不认识杜威吗?我敢肯定你会喜欢这个黄油派的。"说着,她把美味的黄油派递给杜威。

"谢,谢谢!"杜威结结巴巴地说,"非常,非常感谢!"

真是个可怜的人,蒂尔达想。她早已习惯杜威磕磕巴巴地讲话,他从小就这样讲话。但她可从来没见过杜威的脸色变成今天这样,像花园里火红的玫瑰花。

"哦,天啊!杜威,你生病了吗?"蒂尔达关切地问。"下了班就去医院看看吧,然后再回家吃点黄油派。"

杜威点了点头,挥挥手就走了。

弗莱德仍然一直在叫,直到杜威的吉普车消失在街道上,它才安静下来。

"老天啊,弗莱德!真不知道为什么你这么不喜欢杜威,他每天都坚持按时给人们送信,他可是威尔维小巷里最友好的人。"

蒂尔达继续朝隔壁邻居家走去。这时,基普和扎普冲到她面前。这回弗莱德怎么不叫呢?它不但不叫,还坐在那儿,就像看蜗牛那样着迷地看着松鼠兄弟俩。

只见一只松鼠停下来用鼻子使劲闻着,然后凑近蒂尔达的餐车。

"黄油派里放果仁儿了吗?"它问。

蒂尔达得意地回答:"没有!"

"真可惜!"松鼠说。

"是啊,太遗憾啦!"另一只松鼠也跟着点头,说道,"好吧!下次你做黄油派的时候,放几颗果仁儿给基普吧!"

蒂尔达看了它一眼,心想,原来这只是基普!

接着，另一只松鼠也甩着尾巴说："不，给扎普放果仁儿。"

"基普！"

"扎普！"

说着说着，基普和扎普开始绕着圈儿互相追逐，看得蒂尔达头晕目眩。弗莱德在一旁也紧跟着它们看，头像个拨浪鼓一样，跟着松鼠兄弟来回摇摆。两只松鼠一直在那儿喋喋不休地争着说：

"基普！"

"扎普！"

"基普！"

"扎普！"

弗莱德后来干脆躺在草地上。它可能也在想：如果吃不上黄油派，就一直看热闹好了！

蒂尔达不再理它们，她推着车朝邻居家走去，喊着："快点儿跟上，弗莱德。"

弗莱德紧追几步，跟上蒂尔达。万一黄油派从车上掉下来呢！它可千万不能错过任何可能吃到黄油派的好机会！

蒂尔达走过去敲邻居的门，没人回答。不久，她就发现从窗帘缝里露出一只眼睛偷偷看着她。

接着,丹尼尔拉开窗帘,砰的一声推开窗户问:"那是什么?"

"哦,你好!"蒂尔达说,她差一点儿就想叫出丹尼尔的名字,但没说出口。蒂尔达觉得,只是无意中听到的,直接称呼似乎有些唐突,最好还是等等吧。于是,她对丹尼尔说:"我来给你们送黄油派!"

"我不喜欢黄油派!"丹尼尔不屑地说。

"你会喜欢的,威尔维小巷的邻居们都喜欢吃我做的黄油派。"

丹尼尔皱着鼻子问:"黏糊糊的那种吗?"

"甜黄油派,又软又细腻。"

"哦!黏糊糊的!"丹尼尔嘟哝着说。

"你妈妈在吗?"蒂尔达问。

"我不能告诉你。"丹尼尔皱着眉说。

"好吧,我把黄油派放在门口,或许你妈妈会喜欢。"

"可以,她不挑食。"

"好吧!希望你在流星谷学校的第一天过得愉快!"

蒂尔达转身离开,弗莱德踌躇着不肯走。它看着门口的黄油派,好像在想:这能不能算掉在地上的黄油派呢?

"快点儿,弗莱德。"蒂尔达说,"我们还有好几家要送呢!"

弗莱德无精打采地跟在蒂尔达身后。

刚离开丹尼尔家门口,就听见门吱嘎一声打开了,随后又听到关门的声音。蒂尔达转过身,透过邻居家的窗户,她看到丹尼尔把手指戳进了黄油派,抠出一大块黄油塞进嘴里。然后,她看见丹尼尔的眼睛睁得大大的,紧接着又去抠了一大块。

蒂尔达长长松了口气,内心充满了喜悦和满足。是的,她的甜黄油派从未令人失望过!

第十三章
返 程

黄昏时分,天际线上浮现出一抹银灰色的光,人们即将告别白昼,迎接夜晚的到来。此刻,复活节假期也接近尾声!丹尼尔在院子里看着街道上小汽车和迷你房车一辆接一辆,陆陆续续返回威尔维小巷。

人们的汽车保险杠上粘满了贴纸,还有用刮胡泡沫喷涂的字迹,诸如"看了大峡谷""阿马里洛""我在圣斐斯吃了墨西哥肉卷"以及"埃维斯还活着,他在孟菲斯!"等等。它们就像一道道横幅标语在向小巷的居民们展示着这些天的经历：去了哪些地方，吃了什么美食，看到了什么景色，遇到了怎样有趣的人和事儿。

丹尼尔想：是不是自己也应该在自行车后面挂个牌子，然后在上面写：我的父母离婚了，我被迫搬到了威尔维小巷！

不管大家去了哪里，好像都不约而同地在同一个时间回到小巷。有个司机在刚到小巷路口的时候按响了汽车喇叭，其他司机也都跟着鸣笛，听起来好像在合唱一首歌。丹尼尔凑近窗口仔细听，哦，是一首歌谣，他以前听过的那首大街小巷传唱的《扬基·杜多》！返回小巷的居民们个个都从车窗向外挥着手臂，鸣响喇叭，互相叫喊着，问候着，小巷瞬时变得热闹非凡。

"嘿，朋友，先别走，先听听我捕鱼的故事！"

"嘿，朋友，嘿嘿嘿，朋友……"愉快的交谈声此起彼伏。

蒂尔达走到门口向路过的人们招手问候，钢琴老师阿卡莎也挥着修长的手指和路人打招呼。丹尼尔想，这钢琴老师一定很开心——又可以用琴键和音阶继续折磨她的那些学生了。

小巷的居民们开着车,一个接一个就像一支游行的队伍那样,浩浩荡荡地从四面八方开到池塘边,然后掉头,再次按响汽车喇叭,直到重新回到行驶车道上。

"欢迎回来!欢迎回家!"蒂尔达喊着。

不管人们在外面待了多久,去哪里旅行了,回家都是一件多么让人开心的事儿啊!

丹尼尔感到有些失落,因为威尔维小巷不再是他一个人的了!他不想继续住在这里,这里到处充满了欢乐的人群,空气中还弥漫着棉花糖的味道。

他正幻想着和爸爸在一起的情景,眼前又出现了一群闪闪发光的东西,先是闪了几下,接着又闪了几下,然后就看见无数星星点点的微光在闪烁。尽管此刻太阳还没落山,月亮也没升起来,可是他的朋友们却已经回来了。

"我就知道你们会回来的!"他兴奋地骑上滑板车,和那些亲爱的伙伴一起,向着小巷的街道走去。

第十四章
喂鸟器

蒂尔达拉开客厅那扇大窗户的窗帘,那里正对着她新买的喂鸟器。喂鸟器挂在紫薇树低矮的树枝上,她本想把它挂在更高的地方,但奈何个子不够高,她又懒得爬梯子,索性就挂在那儿了。这个早上,蒂尔达什么也不想干,就像弗莱德,每天只想坐在那里看蜗牛爬一样,蒂尔达也只想望着窗外发呆。喂鸟器挂在那儿已经一个星期了,看起来很安全,不会有什么问题了吧?

她正想着要不要给喂鸟器换个地方,树枝突然颤动了一下。蒂尔达想,会不会是她喜欢的黑头山雀回来啦?也可能是朱雀呢!哪一个她都喜欢,它们橘黄色的脸总能令观鸟者欢喜不已。

她拿起笔记本准备记录接下来的一刻,这样就可以把观察记录发给流星谷观鸟者协会。然而,事实让她大失所望,枝头上来的不是山雀,也不是朱雀,而是基普和扎普兄弟俩!它们盯着喂鸟器,好像在估算着能不能跳过去。

蒂尔达急忙站起来,紧张得用双手捂住头。一切都来不及了!基普和扎普已经跳上喂鸟器,应该是基普先蹦到喂鸟器中央较为平坦的地方,然后像海上冲浪运动员一样悠着喂鸟器荡起来,喂鸟器跟着晃动起来。接着,扎普也站在了喂鸟器上,喂鸟器开始前后不停地摇摆着。它们一边荡来荡去,一边大口嚼着果仁儿,看得人头晕目眩。

蒂尔达打开窗户,愤怒地大声喊道:"那不是喂松鼠的,是给小鸟的!"

基普和扎普兄弟俩根本不理睬蒂尔达,基普坐起来,抓起一把果仁儿就塞进嘴里,脸被撑得就像一只花栗鼠的脸,鼓鼓的。

基普狼吞虎咽地吞着蓟花和向日葵的种子,蒂尔达气得攥紧了拳头。

这时,扎普打算顺势跳到下面的树枝上,但是喂鸟器还在晃,它一使劲儿没跳准,直接摔在地上。基普和喂鸟器也跟着一起啪嗒一下摔了下来。

听到声音,弗莱德从蜗牛罐儿那边转过头,它看着那边的松鼠兄弟,发出低沉的"呜呜"声。

蒂尔达实在不能再等了,她决定尽快退掉喂鸟器,于是她跑到花园把喂鸟器捡起来。

松鼠兄弟看到蒂尔达冲过来,一路尖叫着,拖着吃得圆鼓鼓的大肚子逃走了。

街道上,威尔维小巷的孩子们走在上学的路上,蒂尔达停下来看着他们三五成群地经过。

当她发现丹尼尔独自一人走在后面的时候,蒂尔达的心都碎了。她很伤心,不仅因为看到丹尼尔孤独的样子而伤心,还因为这情景让她想起了当年自己第一天去流星谷学校上学的情景。尽管孩子们都很友好,但她仍然感受到了孤独和寂寞。那天放学的时候,她看到别的孩子都奔向父母的怀抱,只有她一个人孤零零的。

就在这时,她看见操场旁边有人在远远望着她。那个人的头上戴着一顶挂着灰色穗子的大草帽,穿着一条长长的裙子,外面围了一条脏兮兮的围裙,脚上是一双泥泞的工作靴。是西佩姨妈!看起来,她在花园干了一整天的活儿。姨妈朝小蒂尔达伸开双臂,小蒂尔达朝她跑过去,两个人相互拥抱着,她们都希望时间永远停留在那个美好的时刻!

"真可惜!"脚下草地上有个声音说。

蒂尔达喘了口气,马上意识到又是伊莎多拉!她一直希望她的这位好朋友不要总是偷偷地靠近她,可它总是这样在你毫无防备的时候出现。

"多可怜的小家伙啊!"伊莎多拉说。

"是啊!"蒂尔达一边说一边瞥了一眼喂鸟器,"恐怕今天早上我没空和你聊天了,我还有事儿。"

"我也是。"伊莎多拉说,"我饿了,得找点儿吃的去。"

蒂尔达想建议伊莎多拉把松鼠兄弟当早餐吃掉,不过她也只是想想而已。当她准备出发去"鸟群友谊商店"时,还特别仔细地看了看前门门口,确认蜘蛛没有回来烦她。没有发现蜘蛛的踪迹,蒂尔达松了口气。

可是她刚往门口走了两三步,就听到有声音在叫她:"哟嚯,巴特小姐。"

蒂尔达转身看了看门口,没找到,于是问:"你在哪儿?"

"我在这里!"蜘蛛回答。原来声音是从邮箱那边传过来的。

蒂尔达走过去打开邮箱。

"我不在里面,在下面。"

蒂尔达低头一看,邮箱下面的底框上粘着一张蜘蛛网。

"这地方当屋顶不错吧!再也不用担心下雨啦!"蜘蛛得意地说。

蒂尔达刚想提出抗议,转念一想,之前它可是跑到屋子里,又要喝茶,又要吃饼干的。如果以后它住在邮箱下面,或许就不会再去我的房子里面骚扰我了。

"确实不错,这屋顶很好用!那么,欢迎你!"蒂尔达说。

"谢谢,巴特小姐。以后我们可以经常见面了。"蜘蛛说。

"这会儿,我必须走了。"蒂尔达匆匆告别蜘蛛,接着赶去"鸟群友谊商店"。

商店在戴斯因戴特街,和威尔维小巷隔了两条街,在"带我去月球风筝店"和"潘妮贴纸店"中间。如果之前你从没去过那家商店,你一定不要错过。"鸟群友谊商店"门口有一块设计成鸟笼形状的招牌,每个字母F上面都画着一只漂亮的黄色金丝雀,店铺的门是孔雀蓝色的,上面有一个小铃铛,开门的时候,虽然你听不到"叮咚"的门铃声,但可以听到"啾啾、啾啾"的鸟叫声。

店主奥利弗先生留着长长的胡子,在下巴两边撇着,胡子的末梢就像逗号的尾巴一样卷曲着。他头上戴着一顶草帽,身上穿着一件红白相间的衬衫。这是因为他和朋友组了一支四重唱乐团,所以时刻穿着演出服,以防有电话通知他们的乐团去参加某个替补演出什么的——时刻做好演出准备,也就可以随时上台献声歌唱了。不过,看起来他们很少有机会参加演出,但是他不想错过任何一个可能的机会。

蒂尔达带着不满的情绪走进商店,她把喂鸟器递给奥利弗,说:"这恐怕不是喂鸟器,而是喂松鼠器!"

奥利弗先生看上去毫不在意,这让蒂尔达有点失望。她本以为她说的话会吓到他。

可是,奥利弗先生笑了,他捻着胡梢。"嗯,"他用唱腔大声地唱着说,"我正好有东西给你。"

"我不需要,是我的山雀们需要。"蒂尔达说。每年这个季节,山雀们都会飞回来筑巢,可是如果它们发现松鼠们整天都在那里贪婪地吃果仁儿,这些山雀就会另找筑巢的地方了。蒂尔达可不想失去这些可爱的伙伴!

奥利弗先生拿出一个长方形的喂鸟器,这是一个有铁丝网缠绕的喂鸟器,他说:"女士,这是专门用来防止松鼠偷食物的喂鸟器。"

他给蒂尔达做了个示范,他用食指试着伸进铁丝网,然后说:"你看,食指是无法伸进去的,但是这个大小正好可以让鸟儿把嘴伸进去吃食物。"

蒂尔达半信半疑地问:"你确定吗?"

看上去,奥利弗先生对这个喂鸟器相当有信心。

"绝对能防止松鼠偷食或者……"

还没等他说出口,蒂尔达赶紧问:"或者什么?"

"或者……或者给你退钱。"奥利弗说。

"全额退?"蒂尔达问。

"是的，全额退！"奥利弗答道。

蒂尔达试着把小手指伸进网格，但是进不去。可她不确定基普和扎普能不能钻进去，于是她默默地看着喂鸟器不说话。

"还有，因为给你带来了麻烦，这个人工鸟窝送给你。"

那是一个漂亮的白色人工鸟窝，带个小尖顶，就像隔壁那座教堂的微缩尖顶。

"好吧，我试试看！"蒂尔达真心希望能看到山雀回来！

她刚打开商店的门准备离开，奥利弗先生又补充说："百分之百防松鼠哦！"

"或者？"蒂尔达想再次确认一下。

"或者退钱！"奥利弗先生用低沉的男中音唱道。

蒂尔达一只手拿着鸟窝，另一只手拿着喂鸟器往家走，边走边想象着山雀筑巢的样子。这一切又勾起了她的回忆：很久以前，她的老朋友皮普·图特就是这样飞到她家筑巢的，还在她的冬青树上下了蛋。

看着鸟妈妈喂小鸟，教会小鸟们飞翔，是一件多么令人愉悦的事情啊！她想到这样的场景就会特别开心，当然，如果换作蜘蛛织网，那感觉可就不一样啦！

蒂尔达边走边不停地想着山雀，本来要去格林小店买橘子，现在却忘得一干二净。

回到家后，蒂尔达取来人字梯，拿着锤子爬上梯子，把一根长木棍一端敲进土里固定好，然后把鸟窝装在上面。干活的时候她一直吹着姨妈教的口哨，尽力分散注意力，这样就能忘记害怕，不再时刻担心自己会从梯子上摔下来了。

然后，蒂尔达给喂鸟器装满果仁儿，把它挂在原来的树枝上。干完这一切，她回到门口，欣赏着自己的杰作，自言自语地说："哈哈，现在好了，你们这两只讨厌的松鼠，看你们还能不能捣蛋！"

一切安排妥当，蒂尔达走回房间继续做家务。不过，她实在不放心窗外的喂鸟器，担心松鼠又来捣乱，所以干活一直有些心不在焉。她把没擦干的盘子直接放进了橱柜；她还用吸尘器吸了弗莱德的后背，而不是吸地毯；刚和弗莱德道过歉，一转身，她又用它的尾巴去擦咖啡桌上的灰尘。

可怜的弗莱德！仿佛担心主人再来用它做什么别的事儿，吓得赶紧躲到床底下藏了起来。

做完家务活儿，蒂尔达拉了把椅子在窗户边儿坐下,一边提防着松鼠捣乱,一边等着鸟儿们回归。

可是,什么都没来,山雀没有回来,朱雀也没回来,就连捣蛋鬼松鼠兄弟也没过来!

蒂尔达有点累了,她闭上眼睛,脑海里浮现出丹尼尔第一天上学的情景。她想知道:放学的时候,丹尼尔的妈妈会不会去学校门口接他呢?

第十五章
迷失男孩

去学校的路上,丹尼尔一直慢慢走在最后面,因为他不想成为新来的孩子。而如果别人没有发现他,那么就不会知道学校来了新同学。这办法好像很管用,已经快走到学校门口了,仍然没有人注意到他。

刚转到威茨路的拐角处,他就停了下来。他看到摩天轮转起来了,上面坐着一些人,不过不是孩子,而是一些老人。那些老人有的开心地笑着,有的在他的头顶上悠闲地荡着腿,还有的在专注地看书,他们好像根本不在意自己是否已经升到半空中。他还看到有个灰白头发的老头儿在向他挥手。他很好奇,为什么今天老人们都来坐摩天轮呢?

"今天是图书馆老人节!"有个声音说道。

丹尼尔转过身,一个卷头发的女孩微笑地看着他,好像读懂了他的心事。

"你是新来的男孩吗?"

"嗯,我想是吧。"

"你叫什么名字?"女孩问。

这次,丹尼尔没有像对待蒂尔达那样回答这个问题,他脱口而出:"我叫'新来的男孩'!"

女孩笑着说:"好吧,你叫'新来的男孩',我叫'柠檬水女孩'!你最好快点走,'新来的男孩',我们要迟到了!"说着,女孩快步跑到丹尼尔前面。

柠檬水女孩说得对,他们刚踏进校园,上课铃就响了。上学第一天,丹尼尔还是迟到了。他看见大厅门口的公告牌上有张招聘海报,于是停下来看了看,上面写着:

为学期末《彼得·潘》舞台剧

招募
一名迷失男孩
急需！！！
有意请联系：嘉西亚夫人

丹尼尔屏住了呼吸，他虽然没有参加过戏剧表演，但他可是读过好几遍《彼得·潘》。他觉得他就是那个迷失男孩克里——那个故事里他最喜欢的人物。因为他和克里的遭遇很相似，他也经常像克里一样陷入困境。丹尼尔甚至想到可以带上他的弹弓去参加演出。他今天本来不想来上学的，不过幸亏还是来了，不然就会错过这个机会了。

于是，他赶紧冲进教室。老师正在点名，其他同学都已经坐好了。丹尼尔没有到座位上坐下，而是直接走到老师面前说："我必须马上去见嘉西亚夫人，她现在需要我！"

"哦？你是新来的男孩？"老师透过眼镜打量着他。

"我现在是迷失男孩！嘉西亚夫人在哪间教室？"丹尼尔问。

"226教室，可是……"

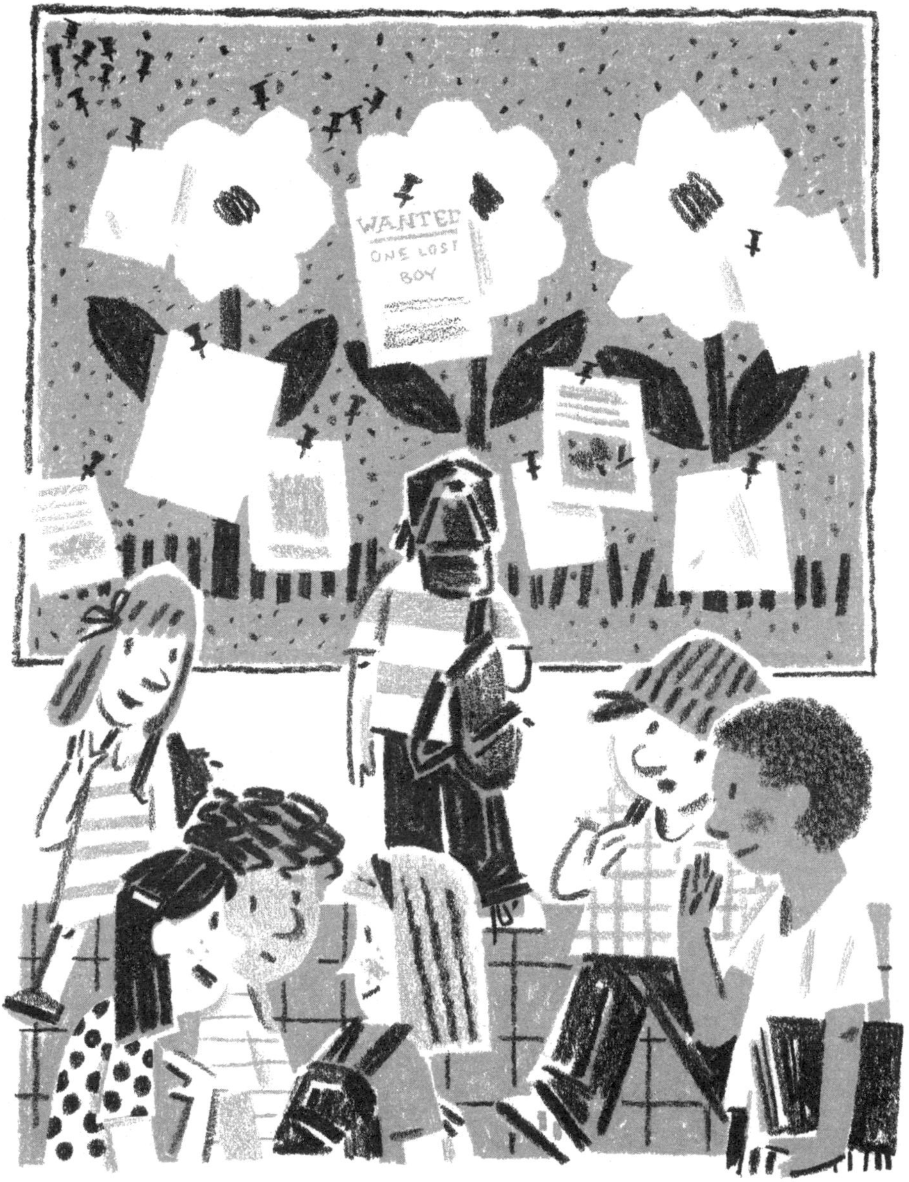
WANTED
ONE LOST
BOY

还没等老师说完，丹尼尔就已经跑出了教室。他在空旷的走廊上一间接一间地数着教室编号：220，222，224……终于找到了226教室。

丹尼尔兴奋得心脏都要跳出来了，他使劲推开226教室的门，走进去，大声喊道："我来了！"

学生们哈哈大笑起来。嘉西亚夫人紧锁眉头，表情和刚才那个老师见到他时一模一样，说道："哦？"

"我就是那个迷失男孩！"丹尼尔说，"现在，您找到我了，或者说我找到您了。"

"哦，我明白了！"嘉西亚夫人说。

丹尼尔马上问："您是要找迷失男孩克里，对吧？我就是！"

丹尼尔焦急地等待着回答，他多么希望嘉西亚夫人说：哦，谢天谢地，终于找到你了！或者问他是不是还带了弹弓。

可是，嘉西亚夫人却平静地说："请你下课再来找我，我现在正在带同学们试唱！"

丹尼尔轻轻地说："哦。"他觉得没人比他更合适这个角色，海报里要找的人就是他。

嘉西亚夫人把他送到门口，严肃地说："现在，请马上回到你的教室去！"

丹尼尔回到了自己的教室。整个上午，不管是在吃黄油蜂蜜三明治时，还是在看妈妈写在餐巾纸上的留言时，他无时无刻不在盯着钟表，数着时间，盼望早点放学。他幻想着爸爸来观看他的演出，还称赞他是最棒的"克里"。

终于下课了，他跑到嘉西亚夫人的教室，却没看到她，但是看到有两个男孩也在等她。他们穿着相同的蓝色衬衫和牛仔裤，系着格子领结。

"你们来干什么？"丹尼尔问。他发现他们长得几乎一样，好奇地问："你们是双胞胎？"

"是啊！"他们异口同声地回答。

"我们看起来是不是一模一样？"其中一个男孩问。

"除了肚脐长得不一样。"他们又一起嚷嚷道，好像早就说得滚瓜烂熟了。

"我的是凸出来的。"一个说。"我的是凹进去的。"另一个跟着说。

丹尼尔本想问他们是不是来试镜的，但是他没问，因为这个角色只需要一位演员，而这位演员只能是他——丹尼尔。

还没等那两个双胞胎回答,嘉西亚夫人就走了进来。她左右看了看双胞胎兄弟,开心地说:"哦,天啊,你们是双胞胎!"

丹尼尔立刻帮忙补充:"除了肚脐长得不一样。"

"好极了!"嘉西亚夫人说,"我需要一个迷失男孩代替之前那个因为生病而退出的孩子,他负责扮演双胞胎中的一个。现在,有了真正的双胞胎真是太好了!你们就演双胞胎吧!"

丹尼尔挺直腰板儿向前走了一步,他要提醒嘉西亚夫人别忘了他还在等着呢。但嘉西亚夫人只顾眉开眼笑地看着双胞胎兄弟俩,前后左右打量着。

丹尼尔清了清嗓子,说:"另一个孩子长什么样儿?或许我俩可以演双胞胎,我们的肚脐可能长得一样哦!"

嘉西亚夫人这才转过身,看着丹尼尔说:"别担心,你也可以扮演迷失男孩。"

"可以演克里吗?"丹尼尔问。

嘉西亚夫人摇了摇头,她一边看着双胞胎一边说:"不,我们有克里的人选了,你是八号迷失男孩。"

"可是,书里只有六个迷失男孩!"丹尼尔着急地说。他可是最了解《彼得·潘》的，里面的人物他一清二楚。

"是啊，但在我们的剧里有八个！"嘉西亚夫人说。

"那七号是谁？"丹尼尔疑惑地问。

嘉西亚夫人说："七号要扮演另一对双胞胎角色中的一个，明白吗？这样不就行了。"

丹尼尔可不这么想，他记得很清楚，《彼得·潘》里一共只有六个迷失男孩。他很小的时候妈妈就讲这个故事给他听，长大后他自己也一直在读这本书，里面描写的人物、场景和故事情节深深地刻在他的脑海里。他经常反复阅读自己特别喜欢的一些片段——和迷失男孩在一起的那些人物，还有胡克船长和海盗。是的，他最了解这个故事，里面只有六个迷失男孩，根本没有第八个。而且，最不可思议的是，嘉西亚夫人都没有让他试镜！

嘉西亚夫人把剧本和排练时间表递给双胞胎和丹尼尔，说："其他孩子已经练习一个月了，接下来，你们千万不要错过任何排练。还有，一定要告诉父母你们准备参加排练和演出！"

这一天，丹尼尔的妈妈提早下班，到学校来接丹尼尔。但是，丹尼尔并没有把演出和排练的时间表拿给妈妈看。他不打算告诉妈妈他将在戏剧表演中扮演这样一个角色，一个纯属多余的角色，他也不打算把这件事告诉爸爸。

第十六章
到 达

第二天清晨,蒂尔达早早起床,拉开窗帘,眼巴巴地盯着喂鸟器,期待着鸟儿们快点儿飞回来。

院子里静悄悄的,哪怕现在捣蛋鬼基普和扎普能跑出来也不错啊!蒂尔达想。她意识到自己甚至有点想念松鼠兄弟,就像她希望山雀飞回来。突然,她看到有什么东西跑过来,不像是鸟,也不是松鼠。

蒂尔达靠近窗户仔细一看,天啊,是一只老鼠!

老鼠把细长的鼻子伸进铁丝网,正准备吃果仁儿。

蒂尔达打开窗户大喊:"喂,那不是给老鼠吃的,是给鸟吃的!"

听到喊声,老鼠吓坏了,一头扎进下面的草丛里不见了。蒂尔达顾不上看老鼠是不是撞晕了,她满脑子想的都是要尽快把喂鸟器退回"鸟群友谊商店"。但还没等她离开窗户边,就听到"啾啾啾"的声音。蒂尔达欣喜若狂,她看到两只山雀正落在喂鸟器上啄果仁儿呢。掉在地上的那些果仁儿顿时成了那只小老鼠和它两个老鼠朋友的大餐,它们忙碌地享受着美味盛宴,一粒都不放过。

"欢迎回来,山雀们!"蒂尔达欢呼着。

"谢谢,蒂尔达·巴特!"山雀们叽叽喳喳地叫着。

"是啊,谢谢,蒂尔达·巴特!"老鼠们吱吱地叫着。

"嗯,好极了,生活就应该是这样的!"蒂尔达说着,满意地转过身,却看到基普和扎普正从人工鸟窝里探出头张望,这对兄弟找到了新家。

第十七章
第一次排练

来到新学校的第三天,丹尼尔不得不在放学后留下来参加排练。嘉西亚夫人让他先去给妈妈打个电话,他走到大厅,转了一圈又回到了排练厅。他不需要给妈妈打电话,妈妈还在工作,而且他完全可以在妈妈下班前就赶回家。最关键的是,他根本不想把这件事告诉妈妈。

演员们这会儿正在排练另外一场戏。嘉西亚夫人走过来,递给丹尼尔一份演员名单。

丹尼尔看了看名单，扮演克里的男孩叫莱昂纳多。丹尼尔想，他一定没有弹弓。然后，他看了一眼其他角色的名单，有两个女孩演保姆狗娜娜。天啊！他想，嘉西亚夫人一定是疯了，居然把故事里那条可怜的狗分成两半，一个女孩演前半部分，另外一个演后半部分。

娜娜应该由一只真正的狗来扮演，一只大狗，丹尼尔已经想到去哪里找它了。

第十八章
阁楼

基普和扎普已经是蒂尔达多年的邻居了。在搬进蒂尔达的人工鸟窝之前,它们一直住在院子后面紧挨着玉簪花的那棵老橡树上。然而,昨晚的冰雹把人工鸟窝的屋顶砸得叮当作响。暴风雨过后,松鼠兄弟又开始寻找更加坚固的房子。

葡萄粒般大小的冰雹砸在蒂尔达的屋顶上,把阁楼屋顶砸出一个大窟窿,正好方便了松鼠兄弟。那个洞好像在对它们说:"基普,来呀。扎普,快过来!多好的房子啊！"它们毫不犹豫地再次搬了家。

蒂尔达对阁楼上的窟窿毫不知情，因为那颗大冰雹正好落在阁楼里一张有厚坐垫的椅子上。那张椅子是菲比姨妈的，菲比姨妈和西佩姨妈当然不是同一个人！菲比姨妈的头发扎成紧紧的发髻，就像烤焦的肉桂卷；她的脸就像紧绷的鼓皮，如果有硬币落在上面，绝对会弹得老高！到了夜晚，当她解开头发，皱纹就会显现出来，整张脸像刚从洗衣机里面捞出来的亚麻衬衫一样皱巴巴的。

蒂尔达小时候很害怕去见菲比姨妈，因为她经常命令蒂尔达：坐着的时候后背要挺得直直的，像熨衣板一样；在房间里走动的时候头上要顶着书本；吃一口东西就要用餐巾擦一下嘴巴。蒂尔达不明白，菲比姨妈到底想把她培养成什么样的人？不过，蒂尔达从来没有把这些事情告诉过西佩姨妈，但是每次去见菲比姨妈时，她都时刻盼望着能快点离开，早点回到威尔维小巷。

即使到现在，每次想起菲比姨妈那张破旧发霉的椅子，蒂尔达都会感到后背隐隐作痛。蒂尔达只喜欢菲比姨妈那辆从来没用过的亮闪闪的红色独轮车，她希望菲比姨妈在日后把车留给她，但是菲比姨妈始终也不知道她的心思，唯独把这把破椅子留给了她。

菲比姨妈去世后，蒂尔达自己买了一辆独轮手推车，然后雇了一个搬运工把这把旧椅子运回来搬到了阁楼上。这样，她就不用每天看到这个让人烦恼的椅子了。

也许你会问：为什么不把椅子扔了呢？你要知道，我们的祖辈们总会在他们去世后留下这样、那样的旧东西，一些你可能永远都用不到的东西。阁楼也许就是为了存放这些旧东西而存在的吧！

基普和扎普很喜欢菲比姨妈的这把椅子，它们在上面追逐打闹，把椅子当作蹦蹦床弹跳，还在附近玩捉迷藏。显然，菲比姨妈的这把椅子对松鼠兄弟来说简直太有价值了。

蒂尔达此时压根儿不知道阁楼上发生了什么，她一直忙着测量玉簪花的长度，擦拭花叶，还要估算到底什么时间最适合把这堆绿油油的小可爱挖出来，移植到那个她早早准备好的大花盆里。

这一早上可是把蒂尔达忙坏了，现在她觉得有些累，打算小睡一会儿。很快她就进入了梦乡，还打起了呼噜，完全没听到松鼠兄弟在她头顶跑来跑去的声音。

松鼠兄弟在阁楼里发现了很多宝藏，它们把蒂尔达祖父的消防员头盔当作一艘船，跑到里面荡来荡去地玩漂移。

"我是海盗！"基普说。

"我是水手！"扎普说。

于是，头盔就在那里不停地摇啊摇。

海盗基普一不小心冲到水手扎普那边，扎普被撞了一下，摔到甲板上，砸倒了一大堆杯子碟子，稀里哗啦的声音把蒂尔达从睡梦中惊醒。她坐起来，穿上毛茸茸的兔耳朵拖鞋。她想着，这会儿要是铲子在房间里而不是花园里该多好啊！蒂尔达快气疯了，她环顾四周想找个武器对付阁楼上的松鼠。终于，她找到西佩姨妈留下的一本书——《世界上的每一种植物》。这本书又厚又重，蒂尔达相信，不管是谁，头上被这本书砸一下，都一定会伤得不轻。

蒂尔达拿着书刚踏上一级楼梯，脚下就发出了吱嘎一声，声音传到了阁楼上。

基普和扎普听到响动，吓得一动不敢动。"啊哦！"海盗和水手互相看了一眼，然后迅速藏到一块桌布下面，尽可能不发出任何动静。

等到一切再次平静下来，基普又开始打打闹闹，扎普也开始叽叽喳喳地叫嚷起来，直到它们听到下一个吱嘎声，就又停下来竖起耳朵警觉地听着。

蒂尔达踏上第二级楼梯，又停了下来。她在这座房子里生活到现在，只去过阁楼一次，而且光那一次的经历对她来说已经足够了。那是小时候，在好奇心的驱使下，小蒂尔达走上阁楼，楼梯地板不时发出的吱吱嘎嘎声，让人感觉好像有什么坏人或者魔鬼要出来把她抓走似的。小蒂尔达不敢在阁楼上停留，匆匆忙忙地跑了，从此再也没上去过。

这时，基普和扎普等在桌布下面，听着楼下的动静。

踏上第三级楼梯的时候，蒂尔达再次想转身回去。但当她瞥见镜子中的身影，她又马上告诉自己：以前那个胆小的小女孩已经长大了，不会再害怕了。

四，五，六，七，八，蒂尔达一级一级登上通往阁楼的楼梯，终于来到门口。她把手放在门把手上，深深地吸了一口气，慢慢地打开了阁楼的门。

第十九章
屋顶

丹尼尔百分之百地确信,弗莱德最适合扮演保姆狗——娜娜!排练结束后,丹尼尔一路都在考虑这个问题。他觉得弗莱德具备明星的气质:个头儿大,浑身上下毛茸茸的,而且很少乱叫。是的,他确定这是个正确的选择,嘉西亚夫人一看到弗莱德就会明白这一点,就像她看到那对双胞胎兄弟时的感觉一样。或许,丹尼尔不是克里的最佳人选,但是他可以绝对帮助嘉西亚夫人找到最佳的保姆狗演员,爸爸也会为他所做的一切感到骄傲。想到这儿，丹尼尔决定邀请爸爸来观看演出。

现在，他要考虑的就是蒂尔达·巴特会不会同意把弗莱德借给他。他一路想着，不知不觉已经走到了家门口，他惊讶地发现妈妈已经回来了。原来，她星期六要加班，所以今天才有半天假期。吃完零食，丹尼尔走出家门，朝蒂尔达家走去。走到半路，他停下来，想着该如何说服蒂尔达把狗借给自己。正犹豫着，他一抬头，看到一根藤蔓从蒂尔达的院子里伸出来。

这根藤蔓和树枝一样粗，绿色的叶子，紫色的花朵，芳香扑鼻，散发着葡萄果冻般的香气。太棒了，他的目光随着藤蔓生长的方向一直延伸到屋顶，丹尼尔很庆幸自己找到了最好的攀爬工具！一时间，他不再是那个生活无聊、父母离异的男孩，他变成了《杰克与魔豆》里的杰克，他要爬上去看看藤蔓尽头到底有什么东西，说不定会有一只金色的大鹅呢！

他双手紧紧抓住藤蔓，一只脚蹬着藤蔓虬曲的节，竭尽全力往上爬。谢天谢地，藤蔓没被他拽断！接着，他继续把胳膊向上伸，手使劲儿拉着藤蔓，花瓣掉了一地，幸运的是藤蔓依旧结结实实地贴着墙壁。丹尼

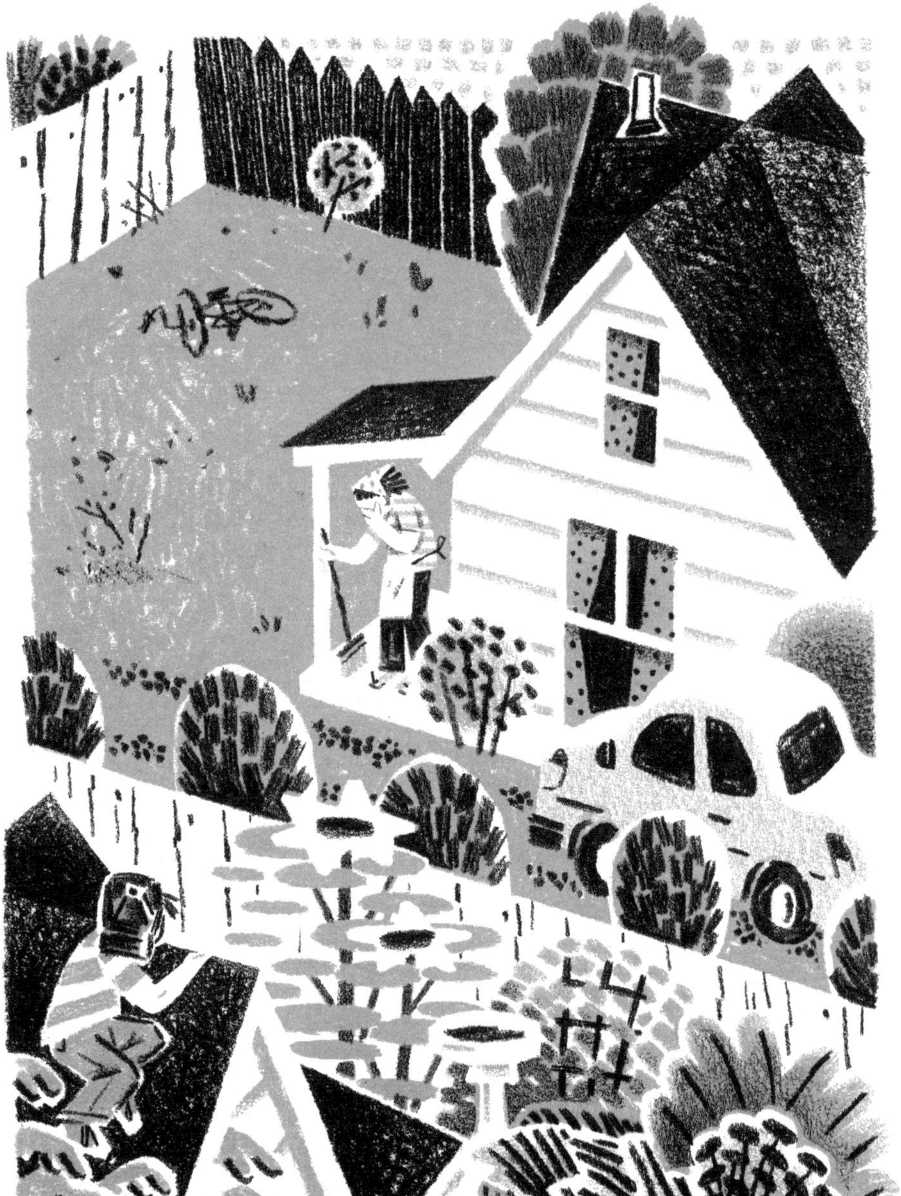

尔继续努力向上爬，下巴终于可以够到房檐边儿了。很快，他就爬到了房顶。丹尼尔站在屋顶上放眼望着整个小巷：一群孩子在院子里踢球；柠檬水女孩正在把果汁杯堆放在摊位上；小巷的尽头是那片池塘，在不久的将来那里会成为他和爸爸一起玩帆船的好地方。

随后，他朝自家的后院望去，妈妈在清扫门廊。自从他们搬来小巷，她好像特别喜欢清扫门廊。无论爸爸什么时候打来电话，妈妈都会去那儿扫地，直到丹尼尔挂断电话。现在，妈妈怎么还在那里清扫，那里一点儿也不脏，她干吗非要没完没了地扫呢？他再走近一看，发现妈妈一只手拿着扫帚，另一只手从围裙兜儿里掏出手绢。妈妈在擦眼泪！

第二十章
英雄

阁楼的桌布下面，松鼠兄弟正在争执不休。水手扎普认为应该留下来防守，但是海盗基普坚持主动出击。于是，基普抓住桌布的一角，噌地蹿到菲比姨妈的椅子扶手上，扎普则继续把头紧紧地贴在地板上，警觉地观察着周围的动静。

这时，蒂尔达正紧紧抓住门把手，慢慢地转动门锁。等到她缓缓推开门，正好看到白色桌布笔直地站立起来，这时又有微风从屋顶的破洞吹进来，桌布随风摆动,地上躺着祖父的消防头盔。

蒂尔达被这一幕吓出一身冷汗,她倒退几步,仰面朝天地摔倒在阁楼地板上。西佩姨妈的书也从她的手里飞了出去,落下来重重地砸在她的额头上。

世界上总有一些喜欢到处管闲事儿的人,但有时候他们的存在也未必就是件坏事儿!尤其在此刻,一个爱管闲事儿的人——丹尼尔,正好就在阁楼屋顶。蒂尔达刚清醒过来,就听到有个声音在问:"嘿,你躺地板上干什么呢?"

蒂尔达睁开眼睛,屋顶的窟窿那儿有一只眼睛瞪着她,忽近忽远地,然后又出现一张嘴,说道:"我说,你躺地板上干什么呢?"

蒂尔达终于明白上面是谁在说话了。她问:"你怎么爬到我的屋顶上的?"

"那还不简单!顺着藤蔓就能爬上来呀!"丹尼尔回答。

"天啊,我的紫藤花!"

蒂尔达的紫藤花一年当中只有几个星期开花,她仿佛看到那些花的惨状——紫色花瓣散落在草地上,随风飘散。想到这儿,她很想站起来,可是头晕晕的。

"哦!"她马上又呻吟着躺倒在地板上。

"你站不起来啦?"丹尼尔问。

蒂尔达感到头晕目眩,她说:"我想我被什么东西砸中了!"

"我帮你吧!我力气很大的!"丹尼尔说。

"哦,是吗?"

"我很强壮!"丹尼尔继续说。

"我知道你很强壮,但你可能帮不了我。"蒂尔达说。

这时候,楼下传来狗叫声,然后是低沉的呜呜声,是弗莱德!

"哦,亲爱的,弗莱德需要出去走走,你能不能帮帮它?"蒂尔达说。从早上到现在,弗莱德还没出去走动。蒂尔达真不知道自己到底晕倒多久了。

"没问题!"丹尼尔说。

"谢谢!钥匙在门口地垫下面!打开门锁,弗莱德就能出去了,小心点儿!"蒂尔达喊道。

不一会儿,她听到丹尼尔砰的一声跳到地上。随后又听到门被打开又关上的声音。

"嘿,弗莱德,准备出门喽!"蒂尔达听到丹尼尔说。

"让它从后门出去,去后院!"蒂尔达又努力喊道。

后院有栅栏挡着,这样弗莱德就不会独自跑到街上游荡。

接着,她听到门开了。"去后院!"她还在自言自语地嘟哝着。

"怎么上阁楼?"丹尼尔说。

"厨房后门那儿有个楼梯。"蒂尔达答道。这会儿,她觉得喉咙有些疼。

然后,她听到丹尼尔在上楼梯,吱吱嘎嘎的楼梯声伴随着急促的脚步声听起来真亲切!然后,丹尼尔来到她面前。他四处看看,发现阁楼里装满了祖辈们留下的各种落满灰尘的旧东西。

"帮帮忙!"蒂尔达伸出胳膊。

可是,丹尼尔的注意力都在那些旧东西上,他觉得蒂尔达的阁楼实在太吸引人了。

"求你了!"蒂尔达无力地向他招了招手。

丹尼尔伸出一只手,使劲儿抓住蒂尔达,用力一拉。

"哦,小心点儿,我现在可没你结实。年轻人!"蒂尔达紧张地说着,挣扎着想坐起来。

丹尼尔嘟哝着继续用力去拉蒂尔达,还是没拉动,他只好放开她的手,让蒂尔达再次平躺下来。

"我本来很有劲儿的,但是你太重了,你是不是吃了太多巧克力布丁什么的？"丹尼尔抱怨道。

他走到消防头盔跟前，把它捡起来，戴在头上。帽子太大了，遮住了他的眼睛。丹尼尔只好用手托住帽檐儿，把它举到眉毛上面。

突然，基普和扎普从桌布下面跑出来。

"嘿，我认识你们！"丹尼尔说。

松鼠兄弟紧张地从菲比姨妈的椅子上跳下来，蹦到网球拍上，然后从衣柜顶上爬到一个高高的书架上，又跳起来，顺着屋顶的窟窿逃走了。

蒂尔达皱着眉头，看着松鼠的尾巴消失在洞口，气恼地说："这一定又是它们的恶作剧！"

她揉了揉额头，后背也疼起来。真不知道自己在地板上躺了多久！"你让弗莱德去后院了，对吧？"她又问。

"没有。"丹尼尔一边回答一边把头盔斜戴在头上，然后站在衣柜的镜子前欣赏着自己的模样，神气地说，"或许，我长大了也能成为一名消防员？"

"你让弗莱德从前门出去了？"蒂尔达虚弱地问。

"是啊！"丹尼尔边说边比画着手里拿着消防水龙头的样子，然后还像个士兵一样手臂紧贴身体两侧，站得笔直。"或许,我会成为一名警察!我可以成为消防员或警察!我爸爸说过,我可以成为任何我想要成为的人。"他自顾自地继续说道。

蒂尔达还记得有一次,她忘了关门,弗莱德就趁机溜了出去,在街上游荡了好几个小时,当时她担心得要死。当弗莱德平安回家的时候,蒂尔达激动得都忘了应该好好训斥它。

丹尼尔看着房顶问:"为什么你不修修?"

"如果我知道这里漏了,肯定早就修好啦!"

"一定是被大雨和冰雹打坏的。"

"肯定是!"蒂尔达躺在地上小声嘟哝一句。一想到弗莱德可能正在街上四处游荡,惊恐地躲闪着汽车,而且还有可能迷路了,蒂尔达的心就悬了起来。可是,现在自己什么也做不了。怎么办呢?她刚想让丹尼尔去找他妈妈来帮忙的时候,外面传来敲门声和狗叫声。

"是它?哦,天哪,是的,是弗莱德!"蒂尔达欢呼着。

"嘿,嘿,蒂尔达·巴特!"楼下传来叫喊声。

"我在这儿!"她喊着。是谁呢?她想不出来。

接着,她听到吱吱嘎嘎的上楼梯的声音。不一会儿,她看到一个矮小的身影,圆圆的脑袋。当楼下的人走上来的时候,阳光正好透过天花板的破洞射进来,把阁楼照亮,原来是杜威·万德!

杜威看到蒂尔达躺在地上,赶紧冲过去,跪下来问:"哦,天啊,亲爱的蒂尔达,你受伤了吗?"他急坏了,一改往常的结巴,说话都流利了起来。

"她站不起来了!"丹尼尔边说边拿着一个旧的显微镜仔细查看。

蒂尔达摸着额头上的肿块说:"我的头被砸了个大包!"

瘦弱的杜威抓住蒂尔达的手臂,用尽全身力气去拉她,汗珠顺着脸颊淌下来,费了好大力气终于把她拉了起来。

蒂尔达摇摇晃晃地站了起来。

"站稳!"杜威边说边扶住蒂尔达。

"能帮个忙吗,先生?"杜威转身问丹尼尔。这孩子正忙着在旁边研究显微镜。

丹尼尔抬起头说:"是叫我吗?"

"当然!"杜威说。

丹尼尔放下显微镜,走过来扶住蒂尔达另外一只胳膊,问:"为什么称我'先生'?"

"那么，你叫什么名字？"杜威问。

蒂尔达推了一下杜威说："他不会告诉你的，他妈妈不让他告诉陌生人！"

杜威皱了皱眉头，蒂尔达知道他心里想什么：既然不和陌生人说话，为什么要在陌生人家的阁楼里翻箱倒柜呢？这时，蒂尔达看到丹尼尔的胸前还挂上了祖父的紫心勋章。

"现在，你得慢点儿走，蒂尔达。"杜威说，"你可不能再晕倒了。"

"好的，要不是晕倒，我也不会磕破头。"蒂尔达懊悔地说。

"步子迈小一点儿。"杜威扶着她说。他让丹尼尔走在前面，看着他和蒂尔达下楼。"我们要确保巴特小姐的脚安稳地着地，我跟在她的后面走。"

"好的，万一她要摔倒，我会及时抓住她的。"丹尼尔一边下楼一边说。

"上帝保佑吧！"蒂尔达嘟哝着，她可不希望自己再次摔倒。

杜威带着蒂尔达来到楼梯间，等她抓紧栏杆才放开手。蒂尔达感到无助，同时感受到了杜威的关爱，这种感觉怪怪的，但可以肯定的是，她喜欢这种感觉。

她一步步慢慢地走下楼梯，走到弗莱德和丹尼尔面前。

弗莱德摇着尾巴，低声哼哼着。起初，蒂尔达以为弗莱德很高兴见到自己，她也很开心弗莱德能平安回家。可是，弗莱德一直在那里哼个不停，她才想起来，它一定是饿了。

刚走下阁楼，蒂尔达就赶紧给弗莱德去拿吃的，然后又给丹尼尔和杜威冲了两杯热巧克力，三个人安静地围坐在桌子旁。看着丹尼尔舔着杯子边，蒂尔达想：这孩子绝不是个坏孩子。

然后，她好奇地问杜威："你怎么知道我需要帮助？"

"我看到弗莱德在街上跑，挨家挨户地闻，我猜到它可能迷路了。"杜威说，"感谢上帝，幸亏我车里带了饼干，它才肯跟我走。"

蒂尔达赞许地说："杜威，你真是太聪明了。"

杜威盯着蒂尔达头上的包，就像在欣赏一颗美丽的珍珠。

蒂尔达突然发现穿着制服的杜威竟然那么帅气。想到这里，她立刻感到脸颊发烫，有点儿不好意思了。

丹尼尔盯着自己的空杯子，嘀咕着："或许我将来也会成为一名邮递员，去阁楼拯救一位因为吃得太多而站不起来的女士？"

丹尼尔自言自语地说着，蒂尔达和杜威却一句也没听到。

第二十一章
遛 狗

星期六的下午，丹尼尔去敲蒂尔达的门。

她打开门的时候，丹尼尔恳求地问："我可以带弗莱德出去走走吗？"

蒂尔达的额头上贴着带瓢虫图案的绷带，看起来很有趣。

"可以吗？"他迫不及待地问。

蒂尔达回头看了看弗莱德，说："好吧！"

门开着，丹尼尔看到弗莱德依然盯着玻璃罐。

"我会牵住绳子的,我保证不会让它走丢。"丹尼尔拍着胸脯保证。

蒂尔达把一个带绳的项圈拴在弗莱德的脖子上,交给丹尼尔,嘱咐道:"小心看好它!别走远,也别离开太久!"

丹尼尔高兴地接过绳子,牵着弗莱德就往外走,可是弗莱德坐在那里一动不动。

"走啊,弗莱德!"丹尼尔说。

蒂尔达·巴特双手拍着弗莱德的屁股说:"弗莱德,好孩子,快起来!出去走走吧!去呼吸新鲜的空气,再晒晒太阳!"

丹尼尔猛拉了一下绳子,弗莱德也猛地往回拽,把丹尼尔直接拽到玻璃罐跟前。丹尼尔这才发现,罐子里有一只蜗牛。

"嘿,这里养了一只蜗牛啊!"他喊道。

"是啊,是蜗牛!别看它那么小,却可以吃掉整片菜叶,还经常说,'请再给点儿,多给点儿吧'。"蒂尔达学着蜗牛的声音说道。

"真的吗?蜗牛还会说话?"丹尼尔好奇地问。

蒂尔达没有回答。

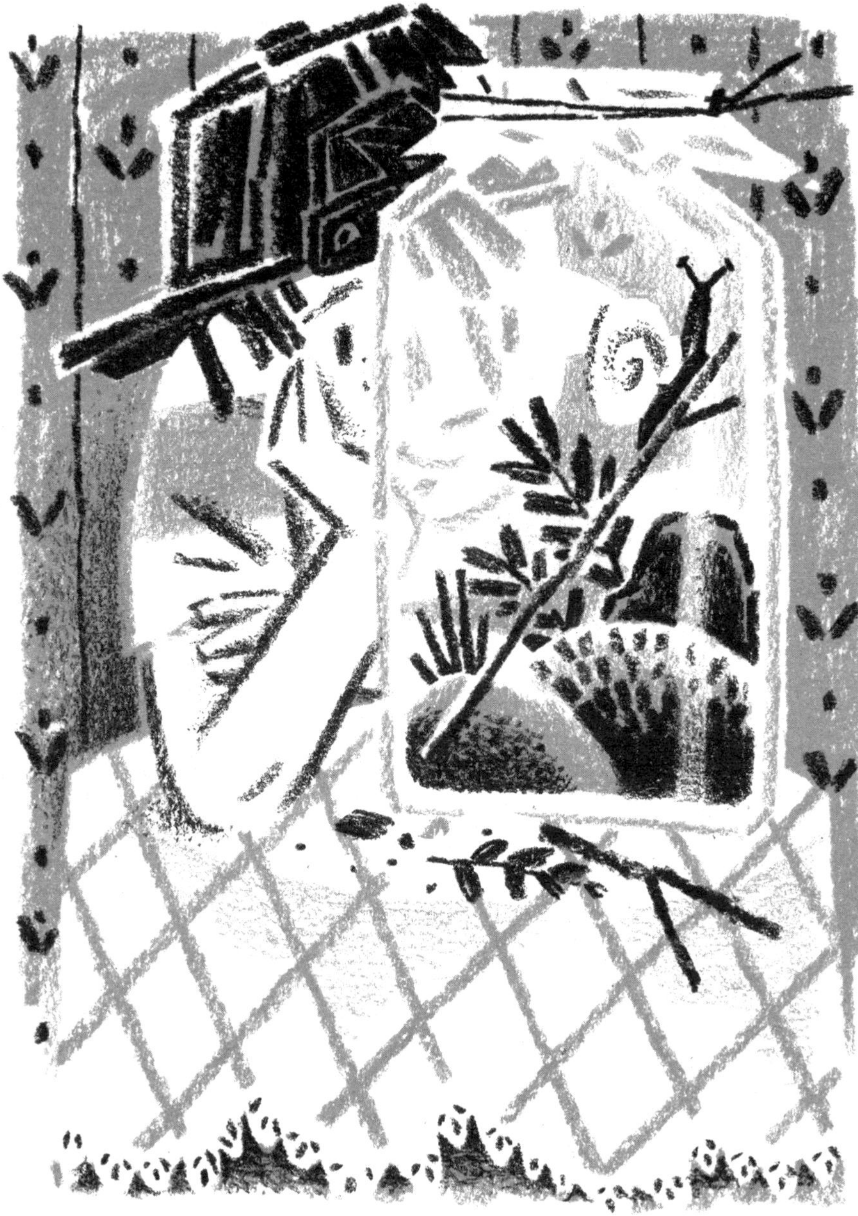

丹尼尔赶紧凑近罐子。此刻，他真后悔把他的"闪电"扔进了捐赠箱。于是，他敲着玻璃说："快说话，快说'请再给点儿，多给点儿吧'！"

"它可不是鹦鹉！"蒂尔达说着就走开了。

弗莱德期待地看着蒂尔达。当看到她打开汪汪薄饼罐的盖子时，弗莱德噌地一下向厨房的方向蹿过去，丹尼尔松开了手里的绳子。

丹尼尔蹲在玻璃罐前，脸贴着玻璃说："你好，小蜗牛！知道吗，你长得真像我的'闪电'！"

小蜗牛的触角微微颤动，丹尼尔觉得它听懂了。"你听懂了，对吗，小蜗牛？"他小声说着，"你知道吗，有时候，我还是会害怕。"

蒂尔达拿着饼干走出厨房，她掰了半块给弗莱德说："剩下的出去再吃吧！"然后把剩下的饼干递给丹尼尔。

弗莱德像老鼠一样小声吱吱叫着，表示不满。对它来说，这不公平啊！

趁弗莱德站着，丹尼尔揣上半块饼干，牵着绳子，转身朝门口走去。他打开门，准备带弗莱德离开，走之前，他念念不忘地回头，对着玻璃罐说："再见，小蜗牛！"

"记住我说的话！"蒂尔达赶在丹尼尔关门前大声嘱咐着。

你要知道，男孩和狗在一起的时候，总会发生让人意想不到的事件！他们可以一起去探险！丹尼尔觉得自己此刻就像一个正在破案的侦探，或者是一个和大副在一起的海盗船长，又或者是一个牵着大象的探险家。

直到他听到蒂尔达在后面喊："嘿，嘿！别忘了给弗莱德带垃圾袋！"

丹尼尔没理蒂尔达，他得赶紧去个地方，快要迟到了。他听到蒂尔达穿着拖鞋，啪嗒啪嗒地跟在他们后面，继续加快脚步。因为他装着那半块饼干，弗莱德也只好乖乖地跟着他快速向前跑去。

"丹尼尔，停下！"蒂尔达气喘吁吁地喊着。

这时，附近某处传来吹喇叭的声音，还是一个长音符，好像是从钢琴老师阿卡莎·布朗家传过来的。

丹尼尔终于停下来，四处张望。蒂尔达则弯下腰，喘着粗气。

"什么声音？"丹尼尔问。

"一定是萨克斯！"蒂尔达说。紧接着，他们听到阿卡莎的窗户砰的一声关上了。

"嘿，你知道我的名字？"丹尼尔问。

蒂尔达直起身子，说道："你觉得我会让一个不知道名字的人牵走我的狗吗？"

"可是，你是怎么知道的？"丹尼尔惊讶地问。

"我有魔法！"蒂尔达说，"所以，你最好牵着弗莱德在街上随便走走就快回来，否则我就把你变成郁金香，种进我的花园里！"

"真的吗？"丹尼尔凑近蒂尔达问。

"或者把你变成一只猫，弗莱德最不喜欢猫！"蒂尔达威胁他说。

"变成马可以吗？我更喜欢变成马！"丹尼尔兴奋地问。

蒂尔达没接话，她把垃圾袋递给丹尼尔说："一定要把弗莱德安全地带回来！"

丹尼尔接过垃圾袋，带着弗莱德走了。他边走边想：蒂尔达真的有魔法吗？她真的可以和蜗牛、蜥蜴还有蛇聊天吗？它们也会和她说话吗？或许，当他带着弗莱德回去的时候，她真的可以把自己变成一匹马？还有，当他把弗莱德即将在剧中扮演保姆狗娜娜的事情告诉她的时候,她会不会很兴奋?不过,我最好还是赶紧去学校吧!

弗莱德特别喜欢停下来观赏生活中的一些琐碎小事儿,比如蚂蚁聚集在路边吃行人掉在地上的冰激凌碎渣。每次遇到,它都会停下脚步一直盯着看。

"伙计,怎么不走了?你要上厕所吗?"丹尼尔打开垃圾袋。但是,弗莱德就在那儿低头嗅着地上的蚂蚁群。

遛狗还真不是一件容易的事儿!丹尼尔摸摸口袋里的半块饼干。

"喂,弗莱德,还想不想吃饼干?"

一提到饼干,弗莱德立刻对蚂蚁失去了兴趣,立直身体,叫了起来。

丹尼尔重新掌握了主动权!他们经过一座座院子,穿梭在大街小巷,就像在无边无际的大海里遨游。他丹尼尔可是个侦探啊!他边走边展开各种例行侦察工作。他发现柠檬水摊挂上了新告示,上面写着:

马上营业!
买一杯柠檬水,救一只帝王蝶!

这时，丹尼尔把一个发着微光的走廊灯当作敌军的望远镜，他匍匐在地上隐蔽起来，还爬到弗莱德身边，弗莱德用鼻子使劲儿地闻着他。于是，丹尼尔说："等我们到达目的地，你会吃到饼干的！"

差点忘了还要赶路，丹尼尔又赶紧站起身，继续急匆匆地向前走，边走边喊："快走！弗莱德，敌人在追我们！"

毫无疑问，他们在路上玩得很开心！

丹尼尔快速跑着，弗莱德摇头摆尾地跟着，它可不想弄丢了心爱的汪汪饼干！跑到前面拐角处，丹尼尔短暂地喘了口气。

弗莱德可累坏了，它好想坐下来休息，但丹尼尔可不允许，他们马上又跑起来。

他们路过一个院子，里面的自动喷水机正在喷水，丹尼尔带着弗莱德绕过水雾迂回前进。

"哇，我们离喷水机好近啊！"丹尼尔大叫。

他很机灵地躲过喷水口，只有头发淋湿了一点点。弗莱德就不一样了，全身都湿透了。还没等它抖落身上的水珠，丹尼尔就又匆匆忙忙地向前跑去。

丹尼尔很着急，他必须赶上排练！不过，谢天谢地！学校就在附近了！他带着弗莱德，转过街角，经过图书馆，又停下来看了看摩天轮上的孩子们，他们大多坐在上面看书。这也太蠢了！丹尼尔想。

这时候，一个戴着贝雷帽的瘦子正准备登上摩天轮，他问丹尼尔："要不要一起去？你的狗也可以上去玩的！"

"不了，我还有事儿。"丹尼尔摆摆手说。

丹尼尔离开前问："为什么他们都坐在摩天轮上看书？"

瘦子说："为什么不呢？那里是个看书的好地方！"

丹尼尔离开摩天轮，但他仍然认为坐在摩天轮上看书是件极其愚蠢的事情！不久，他们来到学校门口，丹尼尔迅速穿过大厅朝排练厅走去。

弗莱德跟在旁边，闪亮的地板上留下一串湿乎乎的爪印。此刻，它多想尽情地抖落身上的水珠啊！可是丹尼尔走得太快了，它根本没机会。

他们来到排练厅，看到一些孩子站在舞台上，嘉西亚夫人坐在前排，背对着丹尼尔和弗莱德。扮演彼得·潘的男孩和扮演温蒂的女孩正在念台词，读到一半，就看到丹尼尔走进来。"温蒂"用手捂住嘴巴，"彼得·潘"指着丹尼尔捧腹大笑。

嘉西亚夫人转过身,惊讶地张大嘴巴,一句话也说不出来。

"我找到了娜娜!嘉西亚夫人,它叫弗莱德!"丹尼尔郑重其事地宣布。

嘉西亚夫人站起来,走向丹尼尔,她深深地吸了一口气,说道:"丹尼尔,我们有娜娜。"

"对,我就是娜娜!"一个女孩站起来,边说边摘掉头上的道具和小狗帽子,发夹压平了她的黑色鬈发。原来是柠檬水女孩!

接着,一个高个子女孩也跟着说:"我也是娜娜!"第二个娜娜穿着一条毛茸茸的道具裤子,后面有一条大尾巴。

这时,嘉西亚夫人靠近丹尼尔,压低声音严厉地说:"排练时不许带狗!"

话音未落,丹尼尔已经松开了狗绳,绳子掉在地上。

你一定也有过除了挠痒痒,其他什么都不想做的感觉吧?此时的弗莱德就是如此,除了要抖掉满身的水珠外,什么也不想做。

终于解放了!它不停地抖动着,水花四溅,丹尼尔和嘉西亚夫人来不及躲闪，被溅得全身都是水珠。嘉西亚夫人气坏了，她用袖子擦了擦眼镜上的水滴，咬紧牙蹦出几句话："把你的狗送回家去！如果你还想参加演出，就尽快赶回来！"

舞台上每个人都盯着丹尼尔，只有柠檬水女孩看着别处，她能感受到丹尼尔的尴尬。丹尼尔感到如鲠在喉，他转过身带着弗莱德，头也不回地朝黄色小房子的方向跑去。

他不明白，为什么嘉西亚夫人不让弗莱德扮演娜娜？那两个女孩根本不像狗啊！如果弗莱德能够扮演娜娜，他可以告诉爸爸他是怎么帮助它争取到这个角色的。可是，现在一切都不可能了！他现在希望自己能扮演克里，他希望学校此刻正在流行咽炎，那个扮演克里的孩子也不幸患病，这样嘉西亚夫人就会让他扮演克里啦！丹尼尔一路胡思乱想着。

当丹尼尔和弗莱德走到威尔维小巷的拐角，一股浓浓的烧烤味儿扑面而来。他们不约而同地伸长鼻子，使劲儿闻着烧烤的香味。丹尼尔发现浓烟是从他们附近的一个院子里传过来的，他走过去隔着栅栏看到烧烤架上正烤着肉排，院子里没有人，丹尼尔恍惚间似乎看到是爸爸正站在那里烤汉堡！每年的七月四日那一天，爸爸都会带全家去烧烤，妈妈会在草地上铺上餐布，全家坐下来一起野餐。丹尼尔陷入了回忆，不知不觉地松开了手里的绳子。

弗莱德就像一匹脱缰的野马瞬间跑了出去。

你一定猜到它去哪儿了吧?！猜对了，是烧烤架！那股香味儿实在太诱人了！就连丹尼尔都忍不住流口水，他的胃轰隆隆作响，敲得肋骨疼。

"喂，你这个无赖！"丹尼尔边喊边追弗莱德。

一切都太晚了！

弗莱德冲进院子，一口叼住烧烤架上的肉排，用力拽下来，一溜烟儿朝威尔维小巷跑去。肉排在它的嘴里抖动着，就像小鸟在扇动着翅膀要飞走，不过，弗莱德是不会让它们飞走的，它用尽平生力气咬着肉排，飞快地奔跑着，牵绳拖在身后。弗莱德穿过两个院子，又跳过院子里的喷水机，即使浑身再次被淋湿，也没能阻止它一直向前奔跑的脚步。

丹尼尔一路追赶弗莱德，来到蒂尔达家门前。蒂尔达正在前院给丁香花丛浇水，弗莱德带着它的战利品跑到她面前。"上帝啊，弗莱德！你嘴里叼的是什么东西？"

弗莱德很开心看到主人关闭了水龙头，冲到屋门前，打开了门。

丹尼尔看到蒂尔达看了一眼四周，好像在确认是否有人注意到弗莱德，然后跟着弗莱德走进去，砰的一声把门关上。

弗莱德冲进屋子，停下来，它抖动着身子，溅了蒂尔达一身的水，地板上也湿漉漉的。然后，它把晚餐放到自己最喜欢的玻璃罐前，看着蜗牛，吃起肉排。

丹尼尔已经累得上气不接下气。他想回到学校，但是又不想错过这个特别的机会，他想给爸爸一个惊喜，他敲响了蒂尔达的门。

蒂尔达打开门，生气地说："你有什么要说的吗？"

听起来，蒂尔达很恼火。但是，丹尼尔仍然问道："你真的可以把我变成一匹马吗？"

第二十二章
蒂尔达的回忆

把他变成一匹马?傻孩子!他以为我是谁?仙女教母?蒂尔达的心情糟透了。弗莱德又湿又臭,像一把破旧的拖布。她没有给丹尼尔任何解释的机会就匆忙道别,然后关上了门。

"他很害怕。"蜗牛说。

"你怎么知道?"蒂尔达问。

"他告诉我的。"蜗牛回答。

蒂尔达整个下午都在想着蜗牛的话,心烦意乱。

为了打发时间，她跑到水槽边把所有的盘子洗了一遍，又洗了三大堆衣服，还不忘往玻璃罐里扔了一大片菜叶，这可乐坏了小蜗牛。

她还差点儿忘了带玉簪花参加展览的事儿。流星谷的园艺展就要开始了，但是现在她心里只有丹尼尔！是的，丹尼尔虽然是个古怪的孩子，但他的心是善良的。当蒂尔达看到他试图修复那株鸢尾花的花枝时就知道了。

这会儿，她终于想起了玉簪花。于是，她拿着铲子和准备好的蓝色花盆走到橡树旁。现在，获奖和花车巡游对蒂尔达来说，似乎已经不那么重要了！她决定到园艺展览开幕的那一天，再把玉簪花挖出来。

这时，脚下传来沙沙的声音。

"那个男孩的妈妈每天晚饭的时候才回家！"伊莎多拉蜷曲着爬过来，还用玉簪花叶子遮着身体。蒂尔达竟然没有在意她的玉簪花，她的脑子里装满了对丹尼尔的担心，伊莎多拉好像很清楚她此刻的想法。

"真是个孤独的孩子！"蒂尔达说。她知道孤独的滋味！蒂尔达回忆起最初自己来到西佩姨妈家的一幕又一幕。刚来这里的时候，小蒂尔达对未来一无所知，不知道接下来的日子该如何度过,那是一段多么可怕的时光啊!

来姨妈家的第一个夜晚,她独自一人沿着街道骑着滑板车,一只脚用力蹬,另一只脚踩在滑板上向前滑行,经过一座座小房子后,来到池塘边。

她的眼前突然亮了起来!哦,那是很久以前的事情了,蒂尔达几乎忘得一干二净。是的,小蒂尔达看到了萤火虫!

第二十三章
柠檬水女孩

丹尼尔冲回学校的排练大厅,准备参加剩下场次的排练。他努力忘记一切想做的事:忘记弗莱德是一只多么棒的保姆狗娜娜;忘记自己为什么要扮演第八个迷失男孩;忘记到底要不要邀请爸爸或妈妈来观看演出。

大部分排练的时间里,他都坐在后台,等着嘉西亚夫人宣布:"迷失男孩们,上场!"终于,轮到他上场了,和之前猜想的一样,他没有台词。

当彼得·潘和胡克船长念台词的时候,丹尼尔眼睛盯着舞台四周，一堆箱子吸引了他的目光。那些箱子应该是做舞台布景用的，不过显然已经很久没人用过。真是浪费！丹尼尔想。要是有个人爬上去，在上面蹦几下，也算它们有点用处！然后，他突然意识到这个人应该是谁了。对，没错，是八号迷失男孩！

丹尼尔站在片场的后面，蹑手蹑脚地走到箱子附近，刚准备爬上去，就听见嘉西亚夫人说："八号迷失男孩，请回到你的位置站好。"

丹尼尔不理解为什么嘉西亚夫人会无视这么好的舞台道具，如果没有弗莱德那件糟糕事儿，他会大声说出自己的想法并提出建议。现在，他只好默默地按照嘉西亚夫人的指令回到自己的位置，心里想着那个本应该说出来的想法。他计划在正式演出的时候，出其不意地从箱子上跳下来。他对这个新奇的主意感到满意，他觉得这足以让爸爸看到他的"冠军"有多么与众不同！

排练结束后，孩子们蜂拥而出，学校门口瞬间热闹起来。一些孩子钻进等在外面的小汽车里，还有一些向家跑去。丹尼尔也很着急回家，他要在妈妈回家前打电话邀请爸爸来观看他的演出。

妈妈还有一个小时才下班,她答应丹尼尔这次是第一次也会是唯一一次星期六出去工作,因为她必须参加公司给新员工安排的岗前培训。丹尼尔不知道妈妈到底做什么工作,妈妈曾经告诉过他,但是他好像没有听明白。

妈妈给他准备了一部电影,还告诉他,如果他能好好吃午饭,就可以边看电影边吃光所有的爆米花。丹尼尔真希望妈妈回来的时候,不要问他电影里讲了什么故事,因为他恐怕没有时间看电影。不过,如果他走得快的话,应该在给爸爸打电话前还能回去看一会儿。他拼命地跑着,直到威尔维小巷的拐角。

在他前面几米远的地方,丹尼尔看到柠檬水女孩走在路上,他曾经听到嘉西亚夫人叫她安妮。

安妮在前面慢慢走着,丹尼尔也放慢了脚步。安妮停下来,丹尼尔也跟着停下来。

安妮从背包里拿出一个放大镜,在草地上看着什么东西。丹尼尔本想冲过去问她能不能也让自己看看,但又想起之前在排练厅发生的一幕。安妮现在一定对他很失望。他居然想让弗莱德代替她扮演娜娜,她自然有理由对他生气。他已经彻底把回家的事儿忘在脑后,继续跟在安妮后面,看看她究竟要做什么。

安妮先是慢悠悠地走着。不一会儿,她把放大镜塞进背包,快步走到柠檬水摊旁,然后从桌子下面取出纸板和马克笔。

丹尼尔也走到了摊位附近,他现在只能选择走过去或者停下来,于是,他决定停下来。

"你生我的气吗?"他问安妮。

安妮头也不抬地说:"没有。"

她说话的口气似乎有点儿不太高兴,她怎么知道是我呢?丹尼尔想,她一定发现了自己一直跟在她后面。

"你在写什么?"他问安妮。

安妮没说话,等她写完才转身拿给他看,上面写着:

因戏剧演出,柠檬水摊暂时关闭,
下周末再营业。

然后,丹尼尔看到她替换下来的牌子上写着:

马上营业!
买一杯柠檬水,救一只帝王蝶!

"帝王蝶怎么啦？"他问道。

"它们已经濒临灭绝了！"安妮把手伸进摊位下面的盒子里，拿出一摞纸板。她把这些写好的纸板一个个拿给丹尼尔看，上面写着：大黄蜂、大猩猩、蜂鸟、红狼，等等。

安妮一个接一个地翻着纸板，滔滔不绝地说着这些动物和昆虫的名字，有一些丹尼尔从来都没听说过。

原来，安妮要拯救世界！她要用她的柠檬水拯救那么多的动物和昆虫！

安妮可真聪明！丹尼尔清楚地看到这一点，他觉得安妮的这个拯救计划要比自己以往的任何计划都要伟大。

"你是怎么知道这些的？"丹尼尔追问。

安妮扬起眉毛说："我读过很多书，当你真正想知道的时候，你就会很容易找到答案。"

丹尼尔很想告诉安妮萤火虫的故事，但他决定再等等，他担心安妮会觉得他的故事没什么了不起。无论如何，在丹尼尔的心里，遇见萤火虫是件非常特别的事儿，是他来到威尔维小巷后唯一一件特别的事儿。

第二十四章
萤火虫

很多年以前,在丹尼尔还没听说过威尔维小巷之前,确切地说,在他还没出生以前,萤火虫也曾经让小蒂尔达感到特别。

当年,爸爸妈妈把她留在黄色的房子里时,小蒂尔达很害怕。她望着父母离去的背影,想着未来该如何在这个小巷度过一个又一个漫长的日子。从此以后,她很难再看到妈妈对着镜子练习鞠躬和飞吻的样子;也不会再有什么机会在午后,看着爸爸坐在客厅里,打开窗户，用低沉的男中音排练歌曲。那时候，邻居们一听到他的歌声就会关门闭户。不过，这些都无法阻止爸爸的执着，他似乎对自己的嗓音相当满意，每次练习结束都不忘说一句："好极了，好样的！"

她也不知道，没有聚会的夜晚会是什么样？以前，人们每天晚上都会坐在一起聚到天亮，里面有可以在吊灯上荡秋千的马戏团艺术家，一位可以同时用竖琴和双簧管演奏乐曲的艺术家，还有一对走遍世界各地的夫妻，会讲17种不同的语言。那里有很多令人着迷的人！蒂尔达记得，那时候，每当有人找不到合适的人说话时，他们就会坐到她旁边和她聊天，然后对她说："小姑娘，你可能不知道，我可是个迷人的人！"

她没有固定的睡觉时间。每个晚上，她都在大房子里来回游荡，然后在大厅的桌子下伴着音乐声和人们的笑声入眠。因此，来到西佩姨妈家的第一天，她想着之前的生活，完全不知道在小巷这样安静的地方该怎么生活下去，小蒂尔达对生活的全部理解都局限在和爸爸妈妈生活在一起时的样子。

日子很快过去了，她发现，没有爸爸妈妈，没有整晚的聚会，日子却比以往幸福快乐！而且，她在威尔维小巷发现了一个令她更加愉快的事儿。那天晚上，她骑着滑板车，发现了那片池塘。置身于这样一个凉爽的夜晚，青蛙呱呱地叫着，丁香花散发的香气都没那么美妙了；真正美妙迷人的是那个不知从何而来的小亮点。紧接着，两个、三个，成百上千的小亮点飘过来。是萤火虫！一大群萤火虫把小蒂尔达围在中间，好像要送给她一个大大的拥抱。

亲爱的朋友，你是否也曾被萤火虫拥抱过？

如果你也经历过，那么你就不难想象：这样一份由无数道光点组成的礼物会带给人怎样的感动。这礼物可不是那种带着大蝴蝶结的礼物盒子，你很快就会在下一个生日来临的时候忘记之前那个有着漂亮包装的礼物。无论如何，萤火虫的拥抱是一件多么让人出乎意料的礼物啊，它真的会让你永生难忘！

偶遇萤火虫的几个星期后，小蒂尔达发现一只蜥蜴在西佩姨妈家门前晒太阳，她以前从来没见过蜥蜴，所以她弯腰靠近它说："你好，蜥蜴。"

蜥蜴抬起头，向右斜着身子对她说："你好，蒂尔达·巴特。"

第二十五章
8个比6个好

早上，丹尼尔像往常一样把花生扔在地上喂松鼠。看起来，接近松鼠的计划很快就能实现了。现在，等他靠近到十英尺左右时，它们才会跑掉。

妈妈上班后，丹尼尔锁好门去上学。他的心情很好，因为爸爸在挂断电话前告诉他，会来小巷看他的演出。但是，不知道什么原因，丹尼尔总是感到惴惴不安。

走到半路，他听到有人喊："等等！"

是安妮。

丹尼尔感觉心跳加速,他以前可从来没有这种感觉。不是得了心脏病吧?他想。他本想向安妮问好,可此刻却什么也说不出来了。

"你准备好参加演出了吗?"安妮问。

"没什么可准备的,又没台词,很简单!"丹尼尔说道。

"不,你的角色很重要,如果没有迷失男孩们,《彼得·潘》就没什么可看的了!"安妮说。

丹尼尔没提醒安妮,关于书里根本没有八个迷失男孩的事情。

他看到安妮的背包一侧口袋里露出了那个放大镜。

安妮又问:"你喜欢住在威尔维小巷吗?"

"还行吧!"丹尼尔说。

"你去过池塘吗?"安妮继续问。

丹尼尔点点头说:"演出结束后,我和爸爸会去那里玩帆船。"

"真的帆船吗?"

丹尼尔说:"不是,是遥控帆船。"丹尼尔想,看来安妮也不是无所不知。

安妮笑着问:"哦,是小小的那种吧?"

"是的,是爸爸在巴黎买的,他现在就在巴黎,而且很快就要回来了。"

"你妈妈也会来看演出吗?"安妮接着问。

是啊,这正是丹尼尔和爸爸通话后遇到的棘手问题。

他们走到了学校,丹尼尔耸耸肩,松了口气。

"你妈妈很漂亮,她常给你做华夫饼吗?"安妮不停地问。

"有时候。"

"那么,她是不是也会在你的餐巾纸上贴便笺?"

"是啊。"丹尼尔想,她怎么那么多问题?

"我妈妈以前也喜欢给我做华夫饼,还会把便笺贴在餐巾纸上。我妈妈和你妈妈很像。好了,咱们排练厅见!"话音刚落,安妮已经三步并作两步地向教室跑去。

丹尼尔看着安妮穿过前门,他很想知道安妮会不会同意他借用她的放大镜四处看看。

其实,如果丹尼尔能够了解安妮的内心,他就会理解安妮说的话。就像安妮说的,她的妈妈和丹尼尔的妈妈很像,她的妈妈也会给她做华夫饼,也会把便

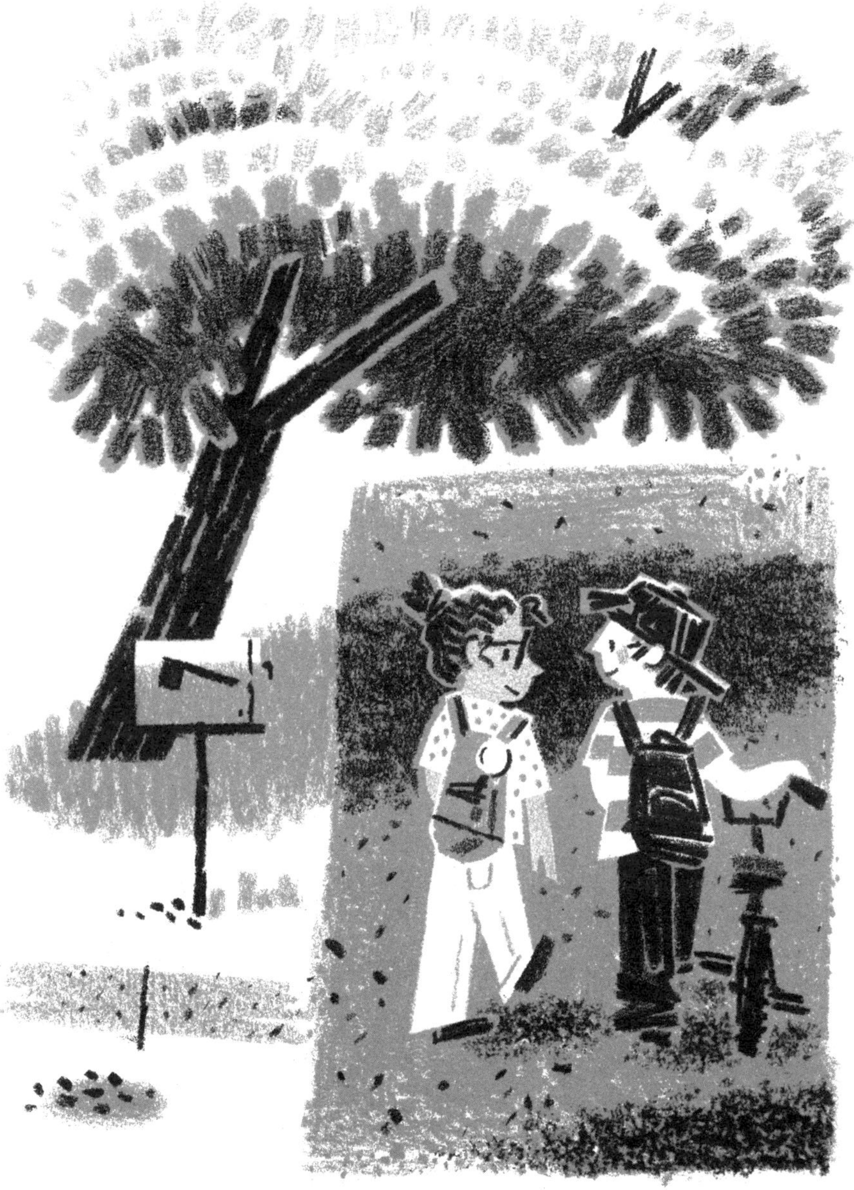

笺贴在她的餐巾纸上,也同样会慢悠悠地骑着自行车,东走走,西看看。但有一点不同的是:安妮的妈妈已经不在这个世上了。现在,她的家只有安妮和爸爸。她的爸爸是个糊里糊涂的大学教授,经常一只脚穿黑色的鞋子,另一只脚穿着棕色的鞋子去上班,而且他还经常把眼镜忘在头顶上。

他非常爱他的女儿,但是他不会做华夫饼,也想不到可以在餐巾纸上贴便笺。尽管如此,这个柠檬水女孩仍然很开心,她还没有想到什么别的能让她更快乐的方法。

放学了!丹尼尔冲进排练大厅。只剩几次排练了!他想起安妮说过的关于迷失男孩的话。她说得对,如果没有迷失男孩们,彼得·潘怎么能和海盗还有胡克船长战斗呢?丹尼尔越想越觉得这个角色很重要。他想,既然这个角色这么重要,八个迷失男孩当然要比六个更好些!

在舞台上,他又开始研究那堆道具箱子。他想象着自己如何爬到箱子上面,何时纵身跳下去。他想,或许,他可以跳下去并帮助彼得·潘战胜胡克船长。接着,他的脑海里又浮现出嘉西亚夫人的面孔。丹尼尔想,他最好还是等到演出那天再跳下去吧!

跳箱子的场景在丹尼尔的脑子里一遍一遍地上演,他迫不及待地期盼星期六快点到来。那一天,爸爸会看到他站在舞台上,他该多么惊讶啊!唉,要是他能想出个好办法,让爸爸妈妈同时来看演出就好了。

第二十六章
秘密

听到蜥蜴对自己说话,小蒂尔达吓坏了。是啊,如果一只蜥蜴向你打招呼,你会有什么感觉?

一天后,小蒂尔达听到脚下有声音,她蹲下去,拨开草丛,看到一群蚂蚁把一只死去的甲壳虫翻过去,然后一起抬着它往前走。它们边走边互相交谈着。蒂尔达竖起耳朵仔细听着它们的对话。

"走这边。"

"不对,走那边。"

"今晚有大餐啦！"

"是午餐！"

"还有多远？"

"我们从哪里离开那座山的？"

"我饿了。"

"我比你还饿呢！"

它们的说话声混合在一起，汇成一片嗡嗡声，吵得小蒂尔达不得不捂住耳朵。谁能想到蚂蚁居然这么吵！又过了一会儿，一只山雀飞过来，落在门前的冬青树枝上。

"你是蒂尔达·巴特吗？"山雀问。

小蒂尔达看了看四周，小心翼翼地回答："是啊！"

山雀在树枝上来回踱着步说："哦，我知道了，我知道了，我知道了。"

接着，那只山雀家里的其他成员也飞过来，加入它的行列。

"这是我爸爸、我妈妈，还有克莱克。"那只山雀说。

"你好。"小蒂尔达说。

"你好。"另外三只山雀说。

"你叫什么？"小蒂尔达问最先飞来的山雀。

"我是皮普·图特。"山雀说。

小蒂尔达并不害怕,她喜欢小鸟,很想知道它们飞起来是什么感觉,现在,终于有机会知道了。

她问她的新伙伴皮普·图特,能否告诉她在风中飞翔的感觉,是不是像风一样自由自在的。

但是,皮普·图特却反问她:"请你告诉我,在地上走是什么感觉?"

也就是在这一天,蒂尔达告诉自己要保守这个秘密,因为这一切太过离奇,所以,她决定永远不告诉任何人,当然有一个人除外。

当西佩姨妈晚上帮她盖被子的时候,她悄悄地说:"我有一个秘密。"

"哦?"西佩姨妈也悄悄地说。

"我可以和小鸟、蚂蚁还有蜥蜴讲话。"

往常当大人们听到孩子们这样说话的时候,都会说"哦,是吗,你真是太棒了!"之类的话。西佩姨妈不一样,她笑着对蒂尔达说:"哦,亲爱的,你终于发现了你的天赋!"

多年来,蒂尔达已经很少再去回想那天发生的事儿,她像姨妈当年一样,每天都忙忙碌碌,哪有时间去仔细体会她的天赋啊!

"天赋是不能浪费的!"西佩姨妈说过。

直到现在,蒂尔达还是很困惑,难道西佩姨妈浪费了自己的天赋?

第二十七章
结

《彼得·潘》的演出就在这个星期六,还有三天的时间。爸爸告诉丹尼尔,演出那天,他会从巴黎出发,上午就能到达;在演出开始时,他会坐在前排观看。最后,爸爸像以前住在一起的时候那样,在挂断电话之前,不忘补充一句:"你是冠军!"

丹尼尔放下电话,跑回卧室,兴奋地在床上上蹿下跳。要不是妈妈在隔壁大喊让他停下来,他会继续跳下去。听到妈妈的声音,丹尼尔的心结再次冒了出来，令他烦恼。

现在他满脑子想的都是妈妈以及如何对妈妈保守自己参演的秘密。每天课后排练都会在妈妈回家之前结束，一切看起来都很简单自然。上个星期六排练的时候，妈妈去参加公司的培训，因此丹尼尔觉得这样并不算欺骗。可是为什么还是感觉自己在说谎呢？

丹尼尔真希望一家三口还能回到过去，那时候，不管去哪里他们都是统一行动！可是现在，一切都变了。从去年开始，他就发现每次爸爸妈妈在一起的时候，都是在房间里吵架，最后以妈妈痛哭流涕收尾。所以，在他登台出演八号迷失男孩时，他可不愿意再次看到他们吵架、哭泣。

他想念爸爸，非常想念他。现在，妈妈每天都可以看到丹尼尔，而他只是想和爸爸一起待上一天，这样对他们来说也算是公平吧？

丹尼尔每天都在盘算着演出那天的计划。他把演出服放在床下的袋子里，紧挨着装帆船的盒子，期盼着正式演出的那一天。

他已经想好了，演出那天，他会告诉妈妈他要出去骑自行车，然后趁妈妈不注意把袋子和盒子一起拿出去，快点儿溜走。盒子要挂在自行车把上，所以只能一只手扶着车把。

演出的时候，只要他从道具箱子上跳下去，观众的目光就会从克里的身上转移到他这里，尤其是爸爸。然后，他就可以和爸爸一起去池塘玩帆船。不过，还有一点没想好：该怎么和妈妈解释自己为什么失踪了一个下午？

最糟糕的结果是什么？妈妈会惩罚他吗？她也可能会在很长一段时间里禁止他骑自行车？

天啊，该怎么办啊？丹尼尔忧心忡忡，甚至担心自己会因此而生病，于是，他伸出舌头对着镜子检查一下嗓子，发现并没有生病的迹象。唉，算了，他决定还是先出去骑车放松一下吧！

丹尼尔不由自主地想起了萤火虫，一下子感觉好多了。

第二十八章
在风中

蒂尔达浪费了自己的天赋吗？她始终不理解，能和动物交流为什么那么重要？她可以和任何动物交流，只有一种除外。

"真希望我能和弗莱德说说话！"她大声说道。

听到主人喊了自己的名字，弗莱德赶紧跑了过来，坐在蒂尔达的旁边。"你好，弗莱德，你还是知道我在叫你的！"现在，她已经可以和蜗牛友好地分享弗莱德了。

弗莱德翻了个身,躺下来。

"想挠痒痒吗?"蒂尔达问。

说着,她挠了挠弗莱德的肚皮,然后摸了摸它的头。瞬间,蒂尔达恍然大悟,这么多年,她一直不明白为什么自己不能和弗莱德交流,现在答案来了。她早就已经知道应该如何与它交流,根本不需要什么特殊的天赋。

蒂尔达知道:什么时候它想让她挠肚皮;什么时候它要出门;什么时候它饿了要吃饭,或者想要吃汪汪饼干;每次杜威来送信的时候,弗莱德会用什么行动来告诉她。

这时,大风呼啸而来,门外的竹风铃被吹得叮当作响。

蒂尔达看了一眼后窗外,后院的篱笆墙和老橡树早已形成了一道坚固的屏障,稳稳守护着她的宝贝玉簪花。啊,这个星期六就是流星谷园艺展啦!

蒂尔达回过头,继续望着前院的窗外。玉兰树在风中摇曳着,树叶落了一地。山雀一家已经早早地飞到更高的树枝上躲起来。这让她想起了老朋友皮普·图特,她很想知道这群山雀会不会是它的子孙后代!多少年来，这群好朋友每年春天都会飞回来，在西佩姨妈的冬青树上安家筑巢。

风越刮越猛，竹风铃被大风吹落到地上，又被裹挟着吹到对面的街上。蒂尔达赶紧起身，出去捡风铃。可是，风太大了，她刚要捡起时，风铃就又被吹跑了，一直滚到邮箱附近，才停下来。

这风铃好像要带着她去看什么东西或什么人似的。的确如此！

此刻，可怜的蜘蛛正死死地抓着邮箱底框，每只脚都用力地紧紧握住能够抓得到的地方，蜘蛛网不停地随风摇摆着，看起来随时都有可能从邮箱底框上掉下来。

"哦，是蜘蛛啊！"蒂尔达问，"你还好吗？"

"哦，是的，巴特小姐。"蜘蛛颤抖着说，"我正在努力航行中。"

蒂尔达的头发被吹得竖起来，裙子摇摆着，像一个打开的降落伞，但是，此刻她最关心的是蜘蛛而不是自己。她说："你为什么不过来喝点儿热茶呢？风停了再回来。"

"喝茶？"蜘蛛半信半疑地问。

蒂尔达点了点头,伸出手掌心。

蜘蛛在蒂尔达的手指间吐了一根丝线,顺着丝线爬向它的安全港湾。

第二十九章
邀请函

丹尼尔看到杜威·万德的吉普车经过他家门口,他急忙冲出去打开邮箱,看看里面是否有爸爸从巴黎寄过来的明信片。

可是,让他失望的是,邮箱里没有明信片!没关系,他马上安慰自己,反正很快就能见到爸爸了。爸爸答应他会来看演出,他一定会做到的。

他看到蒂尔达·巴特在院子里向他招手,她早就不生气了。蒂尔达对他说:"你好,丹尼尔!天气多好呀,要不要带弗莱德出去走走？"

是的，她真的不生气了。

"好啊！"丹尼尔兴奋地穿过草地，绕过一圈儿紫色的花，朝蒂尔达跑过来。

"小心我的郁金香！"蒂尔达喊道。

丹尼尔安全地跨过郁金香，毕竟他是八号迷失男孩，剧里面最擅跑跳的演员。

"进来吧，我去叫弗莱德。"蒂尔达爽快地说。

弗莱德正在屋里看蜗牛。但是，一看到蒂尔达打开饼干盒子，就赶紧跑到厨房去了。蒂尔达对弗莱德训诫着：一定要守规矩，不许靠近喷水管，还有不能偷烤肉。丹尼尔走近蜗牛，对它说："小蜗牛，我没邀请妈妈去看演出！"

蜗牛动了动触角，丹尼尔突然有了灵感。他知道该怎么做了！这办法真是太及时了，好像是蜗牛提醒他想到的一样。不过，从某种意义上来讲，确实是蜗牛帮了他大忙。毕竟，没和蜗牛说心里话之前，丹尼尔的脑子里一片空白。

他会邀请妈妈！演出前，他会做一张邀请函，放在妈妈的枕头下。妈妈每天都会早早地整理好床铺，这样妈妈发现邀请函的时候已经晚了。啊,真希望妈妈到晚上才看到邀请函,那样一切就都迎刃而解了!演出结束后,他就可以和爸爸一起去玩帆船了。至少,他已经邀请过妈妈,妈妈能不能及时发现就不是他的问题了。

蒂尔达把狗绳拴在弗莱德的脖子上,弗莱德摇着尾巴,盯着丹尼尔。

"弗莱德一定很想出去散步!"丹尼尔说。

丹尼尔说得对。弗莱德真的等不及了,因为,它觉得和丹尼尔出去就意味着可以吃到肉排!

蒂尔达把绳子递给丹尼尔,说:"如果你在十分钟内把弗莱德干干净净地带回来,并且没有偷吃邻居的晚餐,我就会给你准备一杯热巧克力!"

"成交!"丹尼尔牵着弗莱德向前门走去,边走边转身问:"嗯,我说,你还会做那种黄油派吗?"

"真的很好吃!"

丹尼尔点着头说。

"抱歉,今天不行。"蒂尔达说。

"哦,没关系。"丹尼尔带着弗莱德来到街上,他的脑海里再次浮现出星期六的一系列计划。与此同时,弗莱德的脑袋一直在左顾右盼,四处寻觅着美味的烤肉。

第三十章
约 会

蒂尔达瞥了一眼时钟，杜威送信的时间就快到了。今天是流星谷园艺展的前一天，蒂尔达决定邀请杜威和自己一起去参加活动。她希望有个特别的人能在她获奖的那一刻为她鼓掌。

邮箱里依然空空荡荡，看来一时半会儿看不到杜威·万德。蒂尔达决定再等一会儿，说不定杜威很快就会来。当然此刻她并不孤独。

"下午好，巴特小姐。"蜘蛛说，"现在正是喝茶的时间，你说呢？"

"我今天可没心情喝茶。"蒂尔达说，"虽然那天我们一起喝茶很愉快，但现在我只想喝杯柠檬水。"

"今天可不行。"蜘蛛用无所不知的口吻说。

"为什么？"蒂尔达问。

"柠檬水女孩去学校参加戏剧排练啦，她扮演了一个拿着拖把头的令人讨厌的角色。"

"哦。"蒂尔达有点失望。

"是的，像那些令人讨厌的害虫一样。"蜘蛛补充道。

"什么时候演出？"

"明天！所以今天适合喝茶，对吗？"

"几点？"蒂尔达又问。

"下午四点钟，这可是传统的下午茶时间，对我来说特别合适！"蜘蛛继续说道。

蒂尔达叹了口气，说："我是问几点演出？"

"哦，真遗憾！演出在明天下午两点。"蜘蛛有点失望地答道。

戏剧演出和园艺展览是同一个时间。

"你怎么知道的？"蒂尔达问蜘蛛。

"哪个住在威尔维小巷的人能不知道啊？街上每

一个孩子都在为此兴奋不已,还有他们的父母。"

蒂尔达撇下蜘蛛向后花园走去,她盯着玉簪花旁的蓝色花盆,若有所思。然后,她走到工具棚,不是去拿铲子而是拿了把剪刀。蒂尔达剪掉了玉簪花最漂亮的几片叶子,走回房间,把它们丢进了蜗牛的玻璃罐里。

蒂尔达又回到院子里和蜘蛛继续聊天。这时,杜威已经到了丹尼尔家门口,下一站就是蒂尔达和蜘蛛这里了。

"哦,又是他!"蜘蛛呻吟着说,"每次他开关邮箱的时候,我的蛛网都会剧烈震动,我得赶在地震前离开!待会儿见!"说着,它吐了一根丝,顺着丝线爬到了地面上。

"再见!"蒂尔达说。

这时,杜威朝蒂尔达的邮箱走过来。

"你好,杜威!明天下午有时间吗?"蒂尔达问。

杜威清了清嗓子说:"除了喂猫,什么事儿也没有。"

"你愿意和我一起去看演出吗?"蒂尔达继续问。

第三十一章
计划

星期六的早上,丹尼尔的妈妈正在后院种花。早些时候,丹尼尔居然还听到妈妈哼着歌儿给他做华夫饼。他已经记不清妈妈最后一次唱歌或者做华夫饼是什么时候的事儿了。总之,自从搬到威尔维小巷,这些都没再出现过。丹尼尔的内心再次感到不安,但他告诉自己一定要继续保守秘密。他提醒自己,一定要记得邀请妈妈。

当妈妈往盆里倒面粉和糖粉的时候,丹尼尔趁机离开厨房,把邀请函放到她的枕头下面。和丹尼尔预想的一样,妈妈早就把床铺好了。按计划,到了晚上妈妈才会发现邀请函。

吃早饭的时候,妈妈问了一些关于学校的事情,她很想知道那里发生的每一件事儿。

丹尼尔一一回答,只有演出的事儿他只字未提。

时间过得好慢,丹尼尔看着时钟,他想知道爸爸的飞机是否已经降落了。

该吃午饭了,丹尼尔却丝毫没有饿的感觉。他担心引起妈妈的怀疑,所以还是勉强吃了半个三明治,吃光了所有的薯条。

不一会儿,他抓起演出服袋子和帆船盒子,溜出了家门。他打开大门,喊了一声:"我出去骑车了,待会儿见!"

妈妈还没来得及和他打招呼,他就把门一关,一溜烟儿跑掉了。什么都不可以破坏他的计划!

松鼠兄弟此刻正在院子里蹦蹦跳跳地四处挖着洞,丹尼尔忙得早就忘了给它们撒果仁儿。现在可没时间喂松鼠,他想,反正松鼠总是喜欢储藏食物,即便今天不喂,它们也饿不着,希望它们自己找食物去吧。

于是，丹尼尔把演出服袋子塞进背包，把帆船盒子放在车把中间保持车子平衡。右脚蹬住车，一只手扶住盒子，另一只手控制车把，然后朝学校的方向骑去。车把来回摇晃着，丹尼尔真希望自己之前练过这种骑车方式。走到半路的时候，丹尼尔突然想到，他不应该骑车的，他应该走着去学校。刚才他光顾着趁妈妈不注意，快点儿逃出家门。现在，他又开始担心另外一个问题：如果妈妈发现他几个小时后还没回家，会怎么想？

快到拐角处，丹尼尔放慢了车速，但弯还是转得太急，盒子掉了下来，帆船被甩出来。他赶紧刹车，结果失去了平衡，连人带车倒在帆船旁边，船帆和桅杆都折断了。丹尼尔鼻子一酸，眼泪差点流出来，他咬住嘴唇没让自己哭出来。他捡起帆船，折断的桅杆和船帆就像蝙蝠的一只翅膀从帆船一侧垂下来，无精打采的。

一阵笑声传过来。起初，丹尼尔还以为是有人笑话他，后来才发现笑声是从摩天轮上传过来的。愚蠢的摩天轮！丹尼尔厌恶地看了一眼。

这时，一辆车在他身旁慢慢地开过来，有人摇下了后车窗。

是安妮，丹尼尔看见她的一头鬈发用发卡别着，盘在头顶。

看到丹尼尔,她问:"你没事儿吧?"

"是的,没事儿。"丹尼尔跳起来,双手蹭了蹭牛仔裤,红着脸说。

"怎么了?"安妮问。

"没什么。"丹尼尔不耐烦地说。他觉得,安妮是不是有点明知故问。

"嘿,这就是你说的那艘船吧?"安妮问。

"摔坏了。"丹尼尔说。

"哦,抱歉。"安妮说。

丹尼尔真想说:你是应该说抱歉。

"说不定可以修好呢,学校见!"安妮安慰道。

她挥了挥手,摇上车窗,车子开走了。

丹尼尔觉得,一切都毁了!但是,他很快又想,爸爸曾经修过摔坏的面包机。他记得爸爸当时拆开机器,把摔掉的零件又装上去了,很快就修好了。修帆船应该比修面包机更简单吧?也许,演出结束后,他们可以去商店买瓶胶水,把桅杆和船帆粘上,再去池塘玩。

丹尼尔决定不再停留,他把自行车和帆船藏到图书馆前的灌木丛里,然后迈开大步向学校走去。

第三十二章
蒂尔达的计划

蒂尔达做好了一天的计划,不过,这里面却不包括去流星谷园艺展览或者让她的玉簪花荣获第一名。她觉得错过一次也无妨,毕竟园艺展览年年都会办。况且,她或许并不喜欢花车巡游。

她的全天计划很简单:

1. 给弗莱德洗澡。
2. 选一顶合适的礼帽搭配她最好看的裙子。

3. 等杜威来接他们看演出。

4. 在丹尼尔上台的时候使劲儿鼓掌。

你知道给一只不喜欢被水滴进眼睛的大狗洗澡是什么场景吗？蒂尔达特别清楚，所以她总是在后院给弗莱德洗澡。在院子里，弗莱德可以随心所欲地抖落身上的水。

在给弗莱德准备洗澡用具的时候，蒂尔达想到了丹尼尔。她多么希望这场演出后，丹尼尔能把威尔维小巷当作自己真正的家！她一边这样想着，一边伸手拽了根水管——她以为自己真的拿的是根水管呢！

"抱歉，我亲爱的朋友，在我还没睡醒的时候，能不能别拉我去晒日光浴？"一个声音说。

"天啊，伊莎多拉！"

"当然是我，你以为是谁？"伊莎多拉问。

蒂尔达没说话，她担心伊莎多拉因为被当作水管而生气。

"弗莱德在想什么呢？"伊莎多拉继续问。

"丹尼尔今天演出。"蒂尔达说。

"哦，是的，我知道。"伊莎多拉回答。

"你也知道?"蒂尔达问。

"我可是蛇啊!"伊莎多拉得意地说。

蒂尔达意识到,尽管她几乎可以和小巷里的每一种动物交流,但还是有很多关于它们的事情是自己还不够了解的。大约一小时后,蒂尔达戴上红色的帽子,穿上漂亮的波点连衣裙,弗莱德也围上了格子头巾,蒂尔达只希望这次弗莱德不要再朝杜威乱叫。他们来到院子里等杜威,弗莱德趴在草地上,蒂尔达挨着它坐着,侧耳听着外面的动静。

杜威驱车赶来,站在门口,他仿佛又回到遥远的过去,第一次在这里见到蒂尔达的样子。那时的小蒂尔达坐在草地上,看着草丛。这次,杜威走过来问:"你在干什么?"

蒂尔达吓了一大跳,但她诚实地答道:"在听蚂蚁说话。"

杜威把蒂尔达扶起来,弗莱德也站起来,它后腿直立,把前爪搭在杜威的肩膀上,不停地舔着他的脸、脖子和胳膊。当蒂尔达闻到汪汪饼干的味道时,弗莱德正要去舔杜威的肚子,好像他从头到脚都沾满了灰尘。

第三十三章
演 出

丹尼尔透过舞台幕布偷偷向外张望。演出还有三十分钟,人们开始陆陆续续到达剧场,大多数都是学生们的爸爸妈妈。不过,丹尼尔的爸爸不在观众席。

有个男人带着两大束玫瑰花来到后台,这些花是饰演达琳夫人和温蒂的女孩们的家长送过来的。丹尼尔又看了一遍观众席,仔细查看了每一个座位。他发现,除了安妮的爸爸,观众席上的其他人他一个也不认识。爸爸在哪儿呀?

"八号迷失男孩，离幕布远点儿。"

丹尼尔松开幕布。每次嘉西亚夫人这样叫他的时候，都让他想起自己不仅在剧中扮演了一个根本不存在的角色，还不能带上他心爱的弹弓，只能拿着这个愚蠢的弓。

这时，又一个送货员抬着一个盒子来到后台，说："丹尼尔·派博古德！"

丹尼尔的心怦怦乱跳，他大声说："是我。"

"你的包裹。"送货员把盒子递给他。

丹尼尔打开盒子，包装纸下面是另一艘帆船，一艘红色帆船，和爸爸之前送给他那艘蓝色的帆船一模一样。爸爸是怎么知道那艘船摔坏了呢？他真是世界上最聪明的人！丹尼尔仔细检查翻看包装纸，就像可以从那里找到爸爸似的。但是，他只找到了帆船的遥控器和一张便笺。

丹尼尔默默地读道：

亲爱的丹尼尔：

很抱歉，今天不能到场去看你的演出！在法国的生意出了点儿问题，我必须留下来解决。送你这艘帆

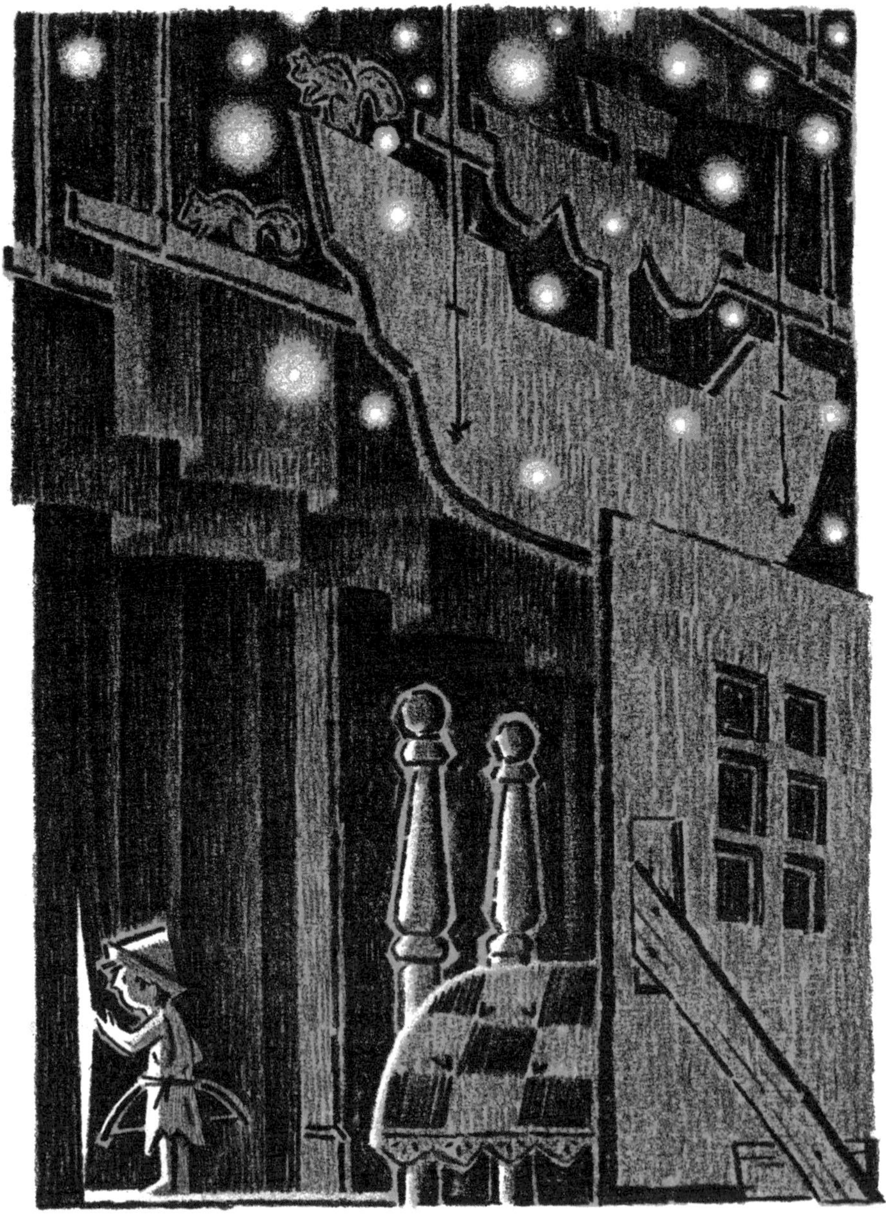

船是想要告诉你,我保证下次去看你的时候,一定会和你一起玩帆船。现在,我们已经有两艘船了,到时候,我们可以一起比赛。你是我最好的朋友,冠军!

爱你的爸爸
顺祝:好运!

其他演员也注意到了这艘船,他们聚集在丹尼尔的周围热烈地讨论起来。

"太酷啦!""彼得·潘"说。

"真是太棒了!"那对双胞胎兄弟也异口同声地说。

只有安妮拿着娜娜的道具头盔,站在一旁看着丹尼尔,好像看穿了他的心事。

丹尼尔一言不发,呆呆地看着帆船。

"哇,真希望我也能有一艘这样的帆船!""达琳先生"说。

"送给你,你可以把它带走了!"丹尼尔面无表情地说。

"真的吗?""达琳先生"问。

"不行,达琳先生!"嘉西亚夫人说,"你不能拿走八号迷失男孩的礼物。现在,请大家集合,围成一圈儿。"

丹尼尔最讨厌手拉手围成一圈,尤其今天更令他厌恶。他现在已经不想再参加演出,即使是让他扮演克里,他也不想继续演下去了。

当所有人围成一圈儿,手拉着手时,丹尼尔抬头看着漆黑的天花板。上面的电线和聚光灯交错在大家头顶,丹尼尔甚至想着是不是应该爬到上面去逃走。他觉得即使自己不见了,也不会有人想起他。

突然,他看到有一个棕色的东西顺着电线正迅速爬着,是棕色的东西。紧接着,又跟过来一个棕色的东西。丹尼尔眯着眼睛仔细一看,那不是每天早上来他家吃花生的那两只松鼠吗?其中一只松鼠还甩着大尾巴。对,是他的好朋友,松鼠兄弟!

接着,丹尼尔看到一道微光,然后是一道又一道的光一闪一闪地飘过来,是萤火虫!难道是他的朋友们都赶来观看他的演出?

这时,嘉西亚夫人还在一旁喋喋不休地赞扬演员们多么出色、她是多么骄傲。

"你们好!"丹尼尔不出声地嘴巴动了动,向松鼠兄弟和萤火虫们问好。

松鼠兄弟甩着尾巴,萤火虫在屋顶闪动,好像也在向丹尼尔问好。

这时,嘉西亚夫人拍了拍手说:"好了,现在每个人都回到自己的位子上。娜娜,你的头离幕布远一点儿。"

安妮走回来,转身对丹尼尔说:"你那个四条腿的朋友也来了,就在观众席。"

"谁?"丹尼尔问。不过,他马上就知道了,安妮说的是弗莱德。尽管嘉西亚夫人一再警告大家不要靠近幕布,丹尼尔还是偷偷跑过去,透过幕布的缝隙偷偷地向台下张望。

真的是弗莱德!它坐在蒂尔达和杜威旁边的座位上,接着,他看到,那排座位的最后一个位子上好像坐着一个熟悉的身影。

哦,天啊,是妈妈!

第三十四章
天 赋

可能你从来没有体验过被萤火虫拥抱的感觉,但无论如何,你一定足够幸运地拥有妈妈,一位和丹尼尔的妈妈一样的妈妈!一位直觉感很强的妈妈!对了,你的妈妈可能经常会对你说,她知道很多关于你的事情,因为她后脑勺上长了双眼睛。当然,你知道妈妈是在和你开玩笑。事实上,妈妈的这种天赋和眼睛压根儿毫不相干。

每一件事都和她那颗爱你的心息息相关!

演出结束,丹尼尔去后台换衣服前,妈妈在走廊上叫住了他。

"你是《彼得·潘》里最棒的迷失男孩!"妈妈赞许地说。

"是吗?"丹尼尔觉得自己没有按计划从箱子上跳下来,怎么会是最棒的呢?演出的时候,他决定放弃这个计划。不是因为他害怕,也不是因为这主意不可行,而是因为当幕布拉开的那一刻,他觉得自己能作为八号迷失男孩出场已经足够了。

"我给你做了蛋糕,我们回家一起吃。我想我们可以邀请蒂尔达和杜威,还有弗莱德。当然,你想邀请你的其他朋友来吗?"

丹尼尔看着安妮,她的爸爸正紧紧地拥抱着她。他心里很清楚自己会邀请谁了。

妈妈离开前,他好奇地问:"你怎么知道我有演出?"

"哦,小松鼠们告诉我的。"妈妈眨着眼睛说。

学校大门外,家人们都在等待演员们凯旋。丹尼尔深深地吸了一口气,穿过人海,向外走去。"太棒了,丹尼尔!"一个熟悉的声音在耳边响起。

丹尼尔转过身，看见妈妈还在那里，她和蒂尔达还有杜威一起站在那里为他鼓掌。

"真是太棒了！"蒂尔达重复着。

"我本以为你会从箱子上跳下来，但你没跳，这太让我意外了！"杜威激动地说。

"这可真是个好主意！"丹尼尔调皮地回答。

"一个会摔骨折的好主意！"蒂尔达撇着嘴。

"我和你朋友的爸爸说好了，他们会来和我们一起吃蛋糕。"妈妈愉快地说。

弗莱德摇着尾巴，张开大嘴叫着，好像在对丹尼尔说："肉排！肉排！肉排！"

"你看，弗莱德也说你是最棒的！"蒂尔达说。

丹尼尔可不这么想，他明明听到弗莱德对他说："肉排！肉排！"

"好了，弗莱德，够了，别叫了！"蒂尔达说。

"你听到它在说什么了吗？"丹尼尔的心怦怦直跳。他从不知道狗会讲话。

"肉排！"弗莱德说，接着它又吼了一声。

"我敢肯定它想让你带它去散步，你愿意找份暑假工作吗？"蒂尔达问。

丹尼尔点点头。

"你家里见!"杜威喊道。

丹尼尔目送妈妈、蒂尔达、杜威和弗莱德离开。他想知道,原来一直以来,好像都是自己在捉弄自己。他突然想起了什么,转身跑回学校。是的,他要拿回他的新帆船。

第三十五章
在威尔维小巷

　　如果你仔细看，你可能会发现一只蜥蜴正趴在树枝上往下看，一只蜘蛛在暴风雨后忙着重新织网，或者一群萤火虫正在夜空中闪烁。如果你仔细听，你可能会听到春天里山雀们归来的歌声，邻居家飘出来的萨克斯管的乐曲声，甚至一只小蜗牛啃咬着莴苣叶子的声音。因为，看和听都是我们与生俱来的天赋！

　　暑假的第一天，丹尼尔单独坐在摩天轮的一排座位上，摆动着双脚，环视着周围的世界。

"我能看见我家的房子和货摊。"安妮兴奋地说，她坐在丹尼尔身后的座位上。

此刻，丹尼尔清晰地看到了整个威尔维小巷。每次，当他的座位接近天空时，他都努力去找寻新的视野。他能看见杜威的吉普车在每户的邮箱前停下，然后再离开，到下一户门前。

蒂尔达·巴特在院子里修剪着玫瑰花，弗莱德正对着杜威的猫——斯塔姆斯吠个不停，因为它看到那只猫爬到了木兰树的枝头。

丹尼尔的自行车躺在草坪上，昨晚他忘了把它挂起来。这时，他看到妈妈走了出来，把自行车立起来。她没有把自行车送到车库里面去，而是跳上去骑了一圈儿，骑得还挺快。

当丹尼尔第二次到达摩天轮最高点的时候，他看见了远处的池塘。演出后的第二天，他和妈妈一起去那里玩了帆船，他们玩得非常开心。当帆船撞上池塘中央的树桩时，他们一起开怀大笑。接下来的第二个星期，丹尼尔和爸爸也在这里玩了帆船。而且，从那以后，他们每个周末都会见面。

安妮和丹尼尔在摩天轮上已经坐了二十分钟，威

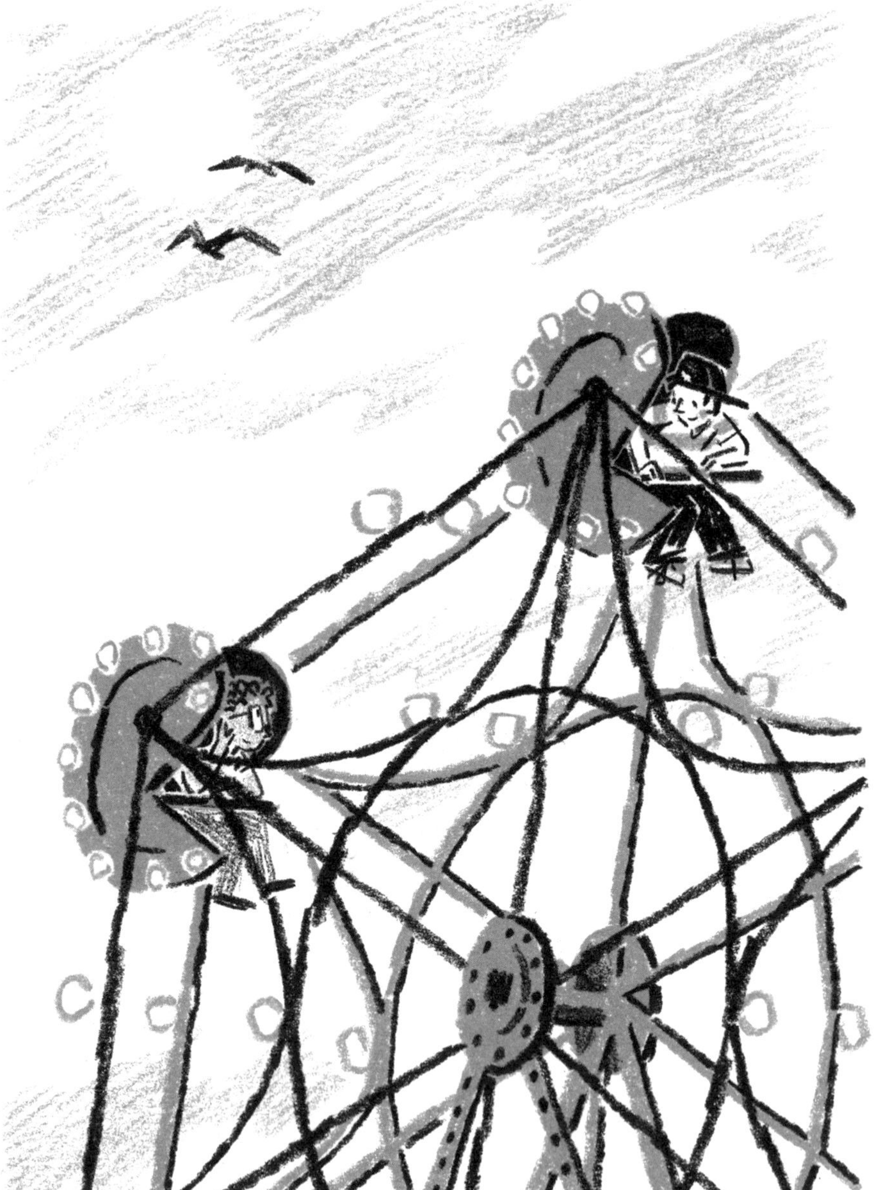

茨街区的摩天轮只会在你想停的时候才停下来。如果你想一直坐,完全可以坐上一整天。

就在这时,丹尼尔听到街上传来了音乐声。

"快看!"安妮说。

丹尼尔转过身,看到安妮正指向钢琴老师家的方向。他们看到阿卡莎·布朗坐在窗台上独奏萨克斯管。乐声悠扬,丹尼尔好喜欢听她演奏的这首生机勃勃的曲子。

"她很开心。"丹尼尔说。

"是的,她很开心。"安妮说。

丹尼尔觉得真有些好笑,他发现今天自己注意到很多以往不在意的事情。比如:弗莱德之所以只对着杜威叫是因为杜威的身上有股猫的味道;和妈妈在一起的时光跟和爸爸在一起同样开心。

当你从高处看,即便再小的事你都能看得很清楚。在此之前,丹尼尔从来都没注意到威尔维小巷里有一座白宫,他怎么会错过呢?

丹尼尔还记得他曾经爬到老房子的树顶上,那里每根树枝都会带给他一个全新的冒险。如今,在这里,在摩天轮的顶端,同样也带给他一个又一个全新的冒险体验。他意识到自己仍然是以前的那个冠军,什么都没有改变!

  当摩天轮转下来的时候,他深深地吸了一口气,空气中依旧弥漫着棉花糖的味道。如今,对丹尼尔来说,这甜甜的棉花糖的味道是这个广阔的世界上最好闻的味道。

图书在版编目(CIP)数据

迷失男孩的礼物 /（美）金·威·霍尔特著；孙晓颖译. -- 南昌：二十一世纪出版社集团，2024.1
（麦克米伦世纪大奖小说典藏本）
ISBN 978-7-5568-7649-5

Ⅰ．①迷… Ⅱ．①金… ②孙… Ⅲ．①儿童小说－长篇小说－美国－现代 Ⅳ．① I712.84

中国国家版本馆CIP数据核字（2023）第154076号

THE LOST BOY'S GIFT by Kimberly Willis Holt
Text copyright©2019 by Kimberly Willis Holt
Illustrations copyright©2019 by Jonathan Bean
First published by Henry Holt and Company. Henry Holt®is a registered trademark of Macmillan Publishing Group, LLC.
All rights reserved.

版权合同登记号　14-2020-0239

迷失男孩的礼物
MISHI NANHAI DE LIWU

［美］金·威·霍尔特 著　孙晓颖 译

出 版 人	刘凯军	责任编辑	费　广
特约编辑	李佳星	美术编辑	费　广

出版发行　二十一世纪出版社集团（江西省南昌市子安路75号 330025）
网　　址　www.21cccc.com
经　　销　全国新华书店
印　　刷　北京中科印刷有限公司
版　　次　2024年1月第1版
印　　次　2024年1月第1次印刷
开　　本　889 mm×1194 mm　1/32
印　　张　6.25
字　　数　92千字
书　　号　ISBN 978-7-5568-7649-5
定　　价　29.00元

赣版权登字 -04-2023-803　版权所有，侵权必究
购买本社图书，如有问题请联系我们：扫描封底二维码进入官方服务号。服务电话：010-64462163（工作时间可拨打）；
服务邮箱：21sjcbs@21cccc.com 。